白き褥の淫らな純愛

鈴木あみ

白泉社花丸文庫

白き褥の淫らな純愛　もくじ

イラスト／樹《いつき》要《かなめ》

白き褥の淫らな純愛

今から数年前、売春防止法が廃止《はいし》され、一等赤線地区が復活した。昔ながらの遊廓《ゆうかく》や高級娼館《しょうかん》等が再建され、吉原《よしわら》はかつての遊里《ゆうり》としての姿を取り戻した。

七生《なき》が生まれて初めて着物を着せられ、吉原へ売られてきたのは、十三歳になってすぐのことだった。

連れてきたのは、初めて七生を抱いた男だった。

——おまえの身体は最高だよ。顔だってまあまあ可愛いし、このまま埋《う》もれさせておくのは惜《お》しいと思うんだ

女衒《ぜげん》を生業《なりわい》としているという彼は、たくさん七生のことを誉《ほ》めてくれた。

——これだけイイ身体なら、あの花降楼《はなふりろう》だって買ってくれるかもしれないぜ。あそこはほんとなら処女じゃなきゃだめだけど、俺がうまいこと話をつけてやるからさ

七生の家は貧乏人《びんぼうにん》の子沢山《こだくさん》で、兄妹は十人もいたが、両親は子供が好きで増やしたわけではなかった。「堕《お》ろす金なんかねえぞ」という父親の罵声《ばせい》を、七生は何度も聞いたことがあった。そして彼らは生まれた子供たちにもあまり関心を払おうとはしなかった。そして兄妹たちは皆似たようなものだったが、七生もまた両親にかまわれずに育った。そして

特に取り柄《え》もなかったから、他人の注目を集めたりしたことも、ほとんどなかったのだ。

女衒に誉めてもらえて、七生は嬉しかった。初めて自分のいいところを見つけたと思った。彼は、七生の目立たない小作りな白い顔や、くるくるとまるい目のことも可愛いと言ってくれた。

——俺の身体、気持ちいい？

——ああ、最高さ。花降楼へ行けば気持ちいいことして稼《かせ》げるし、おまえもいい暮らしができて、家にもたくさん金が入って親も貧乏から抜け出せる。俺だって女衒として良い仕事ができる。良いことずくめじゃねーかよ
——……でも
七生は素直に頷《うなず》けなかった。

抱かれるのは気持ちがいいけど、その行為を売り物にするのはいけないことのような気がした。それにそんなにもいい身体だと言いながら、彼は七生をずっと抱いていてくれるのではなくて、お金と引き換えに手放してしまうのだ。そのことを思うと悲しかった。

——俺、実は借金があるんだよ。このままじゃ身の破滅《はめつ》なんだ。だから助けると思って、な？

けれどそう言われると、断れなくなった。

彼は自分なんかのことをたくさん誉めてくれたのだ。そんな彼の役に立てるのだったら、

助けてあげたかった。

それに家にも金が入れば、家族もきっと喜んでくれる。七生が身を売れば、みんながしあわせになれる。

たしかに彼の言ったとおり、そのことを話すと両親はとても喜んでくれた。親孝行な子だと生まれて初めて七生のことを誉めてくれ、七生が旅立つ日には、父親がパチンコの景品に板チョコをもらってきて、持たせてくれた。父親にお土産《みやげ》をもらうのも初めてで、七生はとても嬉しかった。

そして七生は花降楼へと連れていかれ、値踏《ねぶ》みされることになったのだ。

花降楼という大きな見世《みせ》は、色子《いろこ》たちも美妓揃《びぎぞろ》いなら客も一流どころばかり、男が身売りをする場所としては最高なのだという。面接してもらうだけでも簡単にはいかず、女衒は伝手《つて》をたどり、あいだに何人もの紹介を挟《はさ》んでようやく今日に漕《こ》ぎ着《つ》けたのだということだった。

そんな見世が自分なんかを買ってくれるのかどうか、七生は心配だった。

けれど女衒は大丈夫だと請け合《う》う。

——おまえはただ、にこにこ笑ってればいーんだよ

七生は少し怖かったけれど、その言いつけを守って一生懸命笑っていた。

妓楼主《ぎろうしゅ》は上座《かみざ》に置かれた椅子《いす》に脚を組み、絨毯《じゅうたん》に膝《ひざ》を突く七生を見下ろしている。上

等の服を着た彼は、廓《くるわ》の主人などというよりは、まるで紳士のように見えた。

その脇にはもう一人、男が立っていた。歳は三十くらいだろうか。細面《ほそおもて》の整った容貌《ようぼう》をした彼は鷹村《たかむら》といい、この見世の遣り手《やりて》として、実務のすべてを取り仕切っているという。

彼は七生のことを、憐《あわ》れむような困ったような目で見つめていた。

「この子は」

女衒が、揉《も》み手でもしそうな声で唇を開く。

「見た目や生まれはほどほどですが、あっちがすばらしくイイんですよ。器《うつわ》も感度もよけりゃ、何をやらせても上手《じょうず》でね」

その言葉に、鷹村が小さく眉《まゆ》をあげた。

七生はびくりと身を竦《すく》める。何か気に障《さわ》ったのだろうか。

まるで気づかないようすで、女衒は続ける。

「生まれつきの才能ってぇか、滅多《めった》にない掘り出しものなもんで。これほどの子をそのへんの見世に埋もれさせておくのは勿体《もったい》ねぇと思って、わざわざ遠い伝手を頼ってこちらへ連れて上がった次第で」

女衒が言葉を重ねれば重ねるほど、鷹村の表情は冷たくなっていくようだった。

「せっかくですが」

遮《さえぎ》るように、鷹村は言った。

「容姿《ようし》や生まれもともかくとして、うちでは……」

そのときになって、七生はようやく悟《さと》った。

花降楼では、未通《みつう》の子しか取らないと聞く。それなのに今の女衒の科白《せりふ》は、七生が男を識《し》っていると言ったも同然だったのだ。

たとえ未通でなくても、これだけの身体なら大丈夫だと女衒は言っていたけれども、現実はきっとそんなに甘いものではなかったのだ。とびきりの美貌《びぼう》でもあればともかく、いくら身体がいいと言っても、七生程度の子では話にならなかったに違いない。

(当たり前か……)

七生はぎゅっと着物の襟元《えりもと》を握り締《し》める。やっぱり自分はだめな子なのだという思いと、売れなかったら両親と女衒がどんなにがっかりするかという申し訳なさが胸を締めつけた。

「ほう……?」

そのときふいに、別の声が降ってきた。

はっと顔をあげれば、楼主が面白がるような表情で七生を見つめていた。

「どれくらい上手なのかな?」

「そりゃあもう天国ですよ。ただ上手《うま》いだけじゃなくて具合もいいし、泣き声のイイことと言ったら」

媚《こ》びるように女衒は言い募《つの》る。

楼主は七生に視線を当てたまま聞いていたが、ふいに口許《くちもと》に指を差し出してきた。

「舐《な》めてごらん」

七生はその指を咥《くわ》えた。

何とかして気に入ってもらいたくて、指を男性自身に見立てて一生懸命しゃぶった。女衒に教えられたとおりに唇と舌を使い、指の股《また》まで丁寧《ていねい》に舐める。喉《のど》の奥まで咥えればえずきそうになるが、本物の屹立《きつりつ》に比べればずっとましだった。

「どうです？　仕込めば仕込むだけ、もっと覚えますよ」

と、女衒は言う。

楼主は次に、七生に床に這《は》うように命じた。

七生は彼に尻を向け、腰だけを高く掲《かか》げる。自分で着物の裾《すそ》を捲《めく》るように言われ、そろそろと言われるままにする。

恥《は》ずかしさで顔が真っ赤になるのを感じた。下着は着《つ》けていないから、尻も狭間《はざま》も何もかもまる見えになっているはずだった。

楼主はその中心に、今舐めさせた指を埋め込んでくる。

「あっ……！」

深く突き立てられ、七生は小さく喘《あえ》いだ。

「締めてごらん」

「はい……あ、っ……」

言われるまま、締めつけた瞬間、ぞくりと背筋《せすじ》を快感が貫《つらぬ》いた。

体内の異物を食い締めただけで――男を悦《よろこ》ばせることによって、自《みずか》らも悦びを覚える。

そんな身体は娼妓《しょうぎ》向きだと女衒は何度も誉めてくれたものだった。

楼主が中を探《さぐ》るたび、あえかな泣き声を洩《も》らす。鷹村がひっそりと眉を寄せるのに気づいていたけれども、抑《おさ》えることができなかった。

「……君の名前は？」

やがて指を引き抜くと、楼主は問いかけてきた。

七生は崩《くず》れるように腰を落とし、床に座り込みながら、楼主を見上げる。

「……七生」

「未通ではないのだから、言い値というわけにはいかないよ？」

七生ははっと目を見開いた。では、この見世で買ってもらえるのだろうか。

「ええ、勿論《もちろん》。こちらで買っていただけるのでしたら」

楼主によって提示された金額は、女衒が皮算用《かわざんよう》していた額よりだいぶ少なかった。彼の落胆《らくたん》が、七生にも手にとるように感じられた。

「これでは不満ということでしたら、どうぞ他所《よそ》へ」

そう言ったのは、鷹村だった。彼は七生を買うことにあまり乗り気ではないのだと感じられた。

女衒は口の中でぶつぶつと文句を言い、忌々《いまいま》しそうに七生を見た。彼が怒って殴《なぐ》るのではないかと、七生は怖かった。今までにも何度も殴られたことがあったからだ。

けれど女衒は、結局は契約書に捺印《なついん》し、部屋を出て行った。

残された七生を見下ろして、楼主は言った。

「今日からおまえはうちの子だよ。名前は……」

花降楼の禿《かむろ》になれば、花や蝶《ちょう》などの源氏名《げんじな》をつけてもらえるのだと女衒から聞いていた。七生は、七番目に生まれたから七生——と、いい加減に命名された自分の名前があまり好きではなかったから、どんな名前をもらえるのだろうとどきどきしながら待つ。

「撫菜《なずな》」

そう名乗るようにと楼主は言った。

「なずな……」

聞いたことのない花だが、綺麗《きれい》な響きに七生は嬉しくなる。どんな花なのだろうと思う。

だから、それがぺんぺん草のことだと知ったときには、本当に悲しくなったのだ。

【1】

やがて十八になると、撫菜は一人前の色子となり、客をとるようになった。

大見世《おおみせ》の美妓たちの中では目立たない容姿ながら、身体がよくて、素直で愛嬌《あいきょう》もあると言われ、二十を過ぎた今では、売れっ妓《こ》とは呼べないなりに馴染《なじ》みもついていた。

撫菜はお客たちがたいてい好きだった。怒鳴ったり殴ったりしないし、優しくしてくれて、撫菜の身体を誉めてくれる。ときどきは綺麗な仕掛けや簪《かんざし》などをくれたりもする。

今纏《まと》っている浴衣《ゆかた》も、今日のために贔屓《ひいき》の客が誂《あつら》えてくれたものだった。清潔感のある紺地《こんじ》に白い花を染《そ》め抜いたもので、とても可愛い。

——楽しんできな

そう言った彼は、もう長いあいだ親切にしてくれる馴染みの客だ。着てみせた撫菜の姿を見て、よく似合うと誉めてくれた。

今夜はこれから、屋形船《やかたぶね》に乗せてもらい、隅田川《すみだがわ》の花火大会を見物することになっていた。

撫菜は生まれて初めての船が楽しみでしかたなく、浴衣を着るあいだにも落ち着きなく騒いで、部屋づきの新造《しんぞう》に叱《しか》られるほどだった。

とは言っても、連れていってくれるのは撫菜の客ではない。昔、撫菜が禿をつとめていた、仲のいい先輩の葵《あおい》が誘《さそ》ってくれたのだ。

ほとんど毎月のようにお職《しょく》を張っていた玉芙蓉《たまふよう》が見世を去って数年。残った色子たちはどんぐりの背比べで、あまりぱっと目立つ者がいないまま過ぎてしまったけれども、中では一番の売れっ妓となったのが葵だった。

昔の吉原においても、見世の主人が許可し、しかるべき手続きを踏めば、娼妓もごく希《まれ》には大門《おおもん》の外へ出ることができた。現代でもその制度は生きていないわけではなく、客がすべての掛かりを持って、保証料まで支払ってくれる場合には、特別に外出が実現することもある。

今回は、長く看板となる傾城《けいせい》のいない花降楼をひさしぶりに彩《いろど》る華《はな》やかな行事ということで、楼主も手形を出したようだった。

しかしながら娼妓自身の花代は勿論、付き従う新造や禿、遣り手や若い衆の分まで入れれば客はかなりの散財《さんざい》をすることになるうえ、何かと問題も起こりやすいので、滅多にあることではなかった。

——葵も下が出てきたんで焦《あせ》ってるんじゃない?

などと言う者もいる。

禿の頃から将来を嘱望《しょくぼう》されていた綺蝶《きちょう》がこの頃水揚《みずあ》げを済ませ、急激に売れっ妓になりつつあるからだ。そして来年には、同じく一本立ちする予定の蜻蛉《かげろう》も控《ひか》えている。蜻蛉はまだ新造でありながら、見世のどの美妓よりも美しいと今から評判をとっていた。

もともとずば抜けた売り上げを誇《ほこ》っていたわけではない葵が、格の上でも花代でも一気に後輩を突き放そうとして客にねだったのだと囁《ささや》かれていた。

だがそれにしても、実際よほどの御大尽《おだいじん》に可愛がられていなければできることではない。

葵は癖《くせ》のある性格のせいか、広く万人《ばんにん》に好かれる傾城ではなかったが、一部の客にはとても愛されていて、特に入れあげてくれる大金持ちの上客を数人持っていた。

（そこまでおねだりを聞いてくれるなんて、お客さんは葵のことが大好きなんだな……）

それが撫菜にはちょっと羨《うらや》ましい。撫菜にも馴染みは何人かいるが、それとは何かが、ちょっとだけ違う気がするのだった。

「撫菜さん、御仕度《おしたく》はいかがですか」

襖《ふすま》の向こうから、葵のおつかいらしい禿が声をかけてくる。

「はぁい」

と、撫菜は答えた。

（ここに来て初めてだ……。大門の外に出るの）

大門の外へ出るなどとは、これまで思いついたことさえなかったが、いざ出られるとなればやはりわくわくと胸が高鳴った。自分や自分の部屋づきの子たちまで誘ってくれた葵には、感謝しないといけないと思う。

娼妓が吉原の外に出るときには、風紀を乱さないために、一般人に紛《まぎ》れるような普通の格好をするのが倣《なら》いだった。

屋形船まではリムジンで送迎《そうげい》してくれるので、実際に一般の目に触《ふ》れることはそうそうないのだが、そこは大見世のこと、それぞれが新しい浴衣を誂えた。

いつもなら襦袢《じゅばん》に小袖《こそで》を重ね、大帯《おおおび》を締めて仕掛けを羽織《はお》るところを、浴衣は素肌に一枚纏うだけだ。簡単すぎて心もとないほどだった。

（でも、軽くて気持ちいい）

撫菜はいつもと違ういでたちが嬉しくて、そしてめずらしかった。

長く伸ばした髪を半分あげて結《ゆ》い、部屋づきの新造にいつもは前で結ぶ帯を後ろで結んでもらって、天竺葵《てんじくあおい》を白く抜いたうちわをさす。

そしてうち揃って葵の本部屋へ向かった。

隅田川をくだる屋形船は、花火大会を見物するには特等席だった。

座卓の上にはいっぱいに並べられた豪華な料理に酒。葵と撫菜、そしてそれぞれの部屋づきの新造や禿、鷹村や若い衆など大所帯《おおじょたい》で貸し切られた船の宴《うたげ》は、下界へ出た解放感も手伝って、大変な盛り上がりだった。

夜空に次々に打ち上げられる花火は、船からはとても近く感じられた。すうっと高く上がっては、ふわりと広がって色を変えていく。美しく、夢のようだった。

撫菜は手を叩《たた》いて喜び、下品だからやめなさいとこっそり鷹村に叱られてしまったが、それでもとても楽しかった。

けれどそんな時間は、あっというまに過ぎてしまう。

最後の花火が散ってしまうと、屋形船は岸へと向かった。

隅田川に面した大きな庭園の片隅《かたすみ》に、今夜だけ特別に設《しつら》えられた波止場《はとば》があった。昔は舟遊びの乗船場として使われていた場所だということで、なかなか立派なものだ。

この庭園の出口にリムジンが迎えに来て、見世まで送り届けてくれるはずだった。

少しのあいだ時間ができて、皆は波止場の周囲でそれぞれに涼《すず》んだ。

長く外にいられて却《かえ》って得をしたような気持ちになりながら、撫菜は遠く川の向こう側を見渡す。吉原の中からは想像もできないようなきらきらした明かりが綺麗だ。

葵とその客もまた、手摺《てす》りの傍に佇《たたず》んで、同じように景色を眺《なが》めていた。

邪魔《じゃま》をしてはいけない気がして、撫菜はそっと彼らから離れる。

「――え？」

鷹村が、ここで控えていた見世の若い衆たちと話している声が聞こえてきたのは、そのときだった。

「じゃああとどれくらいかかるんですか」

撫菜は首を傾《かし》げながら、こっそりと耳を澄《す》ませた。

「まったく……」

鷹村が深くため息をつく。

最初は全然話が見えなかったけれども、聞いているうちには撫菜にも状況が飲み込めてきた。

(車が遅れてるんだ……手違いで違うとこ行っちゃったって)

その後渋滞《じゅうたい》にかかって、ここに来るまでにはあと小《こ》一時間もかかりそうだという。

(じゃあ、もうしばらくこのへんを探検してても大丈夫かな？)

年季《ねんき》が明けるまで、きっともうこんな機会はないだろう。

撫菜は波止場からそっと離れ、美しい庭の中を歩き出す。既《すで》に閉園している時間であるため、他に人気《ひとけ》はなかった。葵を誘おうかとも思ったけれども、まだ客と楽しそうに喋《しゃべ》っていたので遠慮しておいた。

（ほんとに仲よさそうだな……）

あのお客は葵に夢中で、このところ三晩と空《あ》けずに見世に通ってきているのだ。そして葵のほうも、きっと彼のことが好きなのだと思う。

いつかは葵はあの人に身請《みう》けされるのだろうか。いくら仲がよく見えても、そこまでいくのは滅多にあることではないけれども。

（羨ましいな）

撫菜はまだ、そんなふうにお客と心を通わせたことがなかった。贔屓にしてくれ、可愛がってはくれても、客たちは撫菜を引き取って自分のものにしようとはしてくれない。

身請けは撫菜にとって、遠い夢だった。外へ出たいというよりは、それほど誰かに愛されることに、憧《あこが》れずにはいられなかった。

（あ……）

他愛《たあい》もないことを考えながら散歩をしているうちに、ぽつぽつと水滴が顔に降りかかりはじめ、撫菜ははっと顔を上げた。

「雨……」

波止場を離れてから、だいぶ時間もたっている。

（戻らなきゃ……また鷹村に怒られる）

降り出したのが花火が終わってからでよかったと思いながら、撫菜は踵《きびす》を返した。

（でも……ここ、どこだろう？）

広い庭を歩き回り、娑婆《しゃば》のめずらしさに夢中になっているうちに、いつのまにか敷地の外に出てしまっていたようだった。しかもどっちの方向にあの庭園と波止場があるのか、さっぱりわからなくなっていた。

（どうしよう）

誰かに道を聞こうにも、建物の谷間に嵌《はま》ったようになっていて、歩いている人は一人として見あたらなかった。

俄雨《にわかあめ》だとは思うが、次第に雨足《あまあし》も強くなってきていた。濡《ぬ》れた浴衣は重く、冷たく身体に張り付く。更にあてもなく彷徨《さまよ》いながら、撫菜は途方《とほう》に暮れた。

近くの適当な建物を訪《たず》ねて、道を教えてもらおうか。そう思いながらも、やはり気後《きおく》れせずにはいられない。

そんな撫菜の目にふと、寺院の石段が飛び込んできた。

見慣れない灰色の建物よりは、寺のほうがまだ目に馴染んでいて、敷居《しきい》が低いように撫菜には思えた。

石段を登りはじめる。数段上がったところに門があり、その奥にも石畳《いしだたみ》が続いていた。突き当たりにある大きな建物が本堂だろうか。

撫菜は左右の植え込みに茂るたくさんの緑を眺めながら、そこを目指《めざ》して進む。葉っぱが雨に濡れてみずみずしく光り、とても綺麗だ。

（あ、可愛い花）

細い脇道の奥に、先刻《せんこく》見た花火のように華やかな赤い花が咲いているのが見えた。

撫菜は目を惹《ひ》かれ、自らの置かれた状況も忘れてついそちらへ歩き出していた。

その先にあったのは、寺院の墓地だった。

石畳の左右に、立派な墓石がいくつも並んでいる。なんとなく見覚えている御影石《みかげいし》のものばかりではなくて、洋風のものが多かった。

「……最愛の妻の魂《たましい》、ここに眠る……」

（最愛、か……）

彫《ほ》り込まれた文字を読んで、物悲しい反面少し羨ましいような気持ちになりながら、撫菜は再び顔を上げ、ふいに人の姿に気づいた。

（あ……）

これで道が聞ける。

急に心が軽くなって、撫菜は駆け寄ろうとした。

けれど、その男の少し手前まで来て思わずどきりと足を止めてしまう。彼が、泣いているように見えたからだった。

（あ、違う、雨か……）

あまりにも辛《つら》そうな顔をしていたからだろうか。横顔に伝う水滴が涙に見えたのだ。それでもともかく泣いてはいなかったことに、なんとなくほっとした。

男は百合《ゆり》の花束《はなたば》を手にしていた。撫菜よりはいくつか年上に見えたが、綺麗な顔をした、まだ若い男だった。背が高く、すらりとしていて格好いい。

彼は墓石の前に立ち、じっとそれを見下ろしていた。

その視線を追って、撫菜はもう一つのことに気づく。

彼がまだ花束を持っているにもかかわらず、墓前《ぼぜん》には既に美しい百合が供《そな》えられていたのだった。

（どうして……？）

撫菜は首を傾げた。

それに何より、こんな雨の日に、傘《かさ》もささずに墓前に立っているのが不思議だった。お参りをしているうちに降り出したのかもしれないが、すっかり濡れて、このままでは風邪を引いてしまうのではないだろうか。

撫菜は自分も同じくらい濡れていることも忘れて、傘を持っていたら差し掛けてあげたいと思ったが、当然ながらあいにく持ってはいない。

（あ、うちわ……ないよりましかな？）

帯に挿《さ》したままのそれを思い出し、背中へ手を伸ばす。そして後ろからそっと近づき、男の頭に差し掛けた。

気配に気づいたのか、男が振り向いたのは、ちょうどそのときだった。

目が合って、撫菜はどきりと息を呑《の》んだ。

すぐ傍《そば》で見れば、彼はますます綺麗な顔立ちをしていた。白い肌、尖《とが》った鼻筋に薄い唇。弧《こ》を描《えが》いた眉《まゆ》に反し、やや下がり気味の目尻。どこか尊大《そんだい》な感じで癖はあるが、魅入《みい》られそうな美貌だ。

彼は妙な生きものでも見るような目で撫菜を見下ろす。

「あ……あの……っ」

撫菜は道を聞こうとした。けれど彼の冷たい——というよりは怖いような視線に晒《さら》されて、言葉が出てこなくなる。うちわを翳《かざ》したことを咎《とが》められたような気がした。

（怖い人なんだ……）

こんなに綺麗な人なのに、と思う。

「あ……」

いつまでも喋らない撫菜に、彼は墓の前に花束を置き、ゆっくりと歩き出した。撫菜の脇を通り過ぎようとする。

撫菜ははっとした。慌てて、つい彼の袖《そで》をぎゅっと摑む。

（み……道を聞かないと……！）

「——放せ」

低く響く声で、彼は命じた。撫菜はびくりと身を竦《すく》めた。

そのまま彼は撫菜の手を振り払って行こうとする。撫菜はまたその腕を掴もうとした。

ようやく人を見つけたのだ。ここで離すわけにはいかなかった。

だが掴み損《そこ》ない、その途端《とたん》勢いが余って、濡れた石に下駄《げた》がすべった。

「あっ……！」

撫菜は思わず、傍にいた男に縋《すが》ろうとしてしまう。けれど縋りきれず、脚がふわりと浮き上がった。

次の瞬間には、撫菜は地面に転がっていた。

（あれ……でもあんまり痛くない）

「痛《っ》う……」

呻《うめ》き声を聞いて、撫菜ははっと顔を上げた。

すぐ傍に、先刻の男が倒れていた。

「あ……だ、大丈夫ですか!?」

撫菜は慌《あわ》てて男の傍へ寄った。そういえば、もうだめだと思ってぎゅっと目を閉じた瞬間、何かに強く支えられた気がした。あれはこの男の腕だったのではないだろうか。彼が咄嗟《とっさ》に庇《かば》ってくれたのではないか。そしてそのために均衡《きんこう》を崩して、彼も一緒に地面に転

がるはめになったのではないか……。

男は上体を起こし、撫菜へ視線を落とす。

「おまえな……っ」

声を荒げられ、撫菜は思わずびくりと頭を縮めていた。反射的に、殴られるかと思った。

恐《おそ》る恐る目を開ければ、男は呆《あき》れたように硬直している。やがて彼は手で自分の髪を軽く掻《か》き上げ、指の隙間《すきま》から撫菜を見て目を眇《すが》めた。

「なんなんだ……殴るとでも思ったのか」

「っ……」

ぶんぶんと撫菜は首を振った。これは昔よく殴られたために残っている癖のようなものなのだ。花降楼に来た最初の頃、感じが悪いから直すよう鷹村に散々《さんざん》言われ、気をつけてはいるのだが、完全には直らないままだった。だから「彼が」暴力を振るうと思ったわけではない。

「ご……ごめんなさい……！」

素直に頭を下げる撫菜を、彼は胡散臭《うさんくさ》そうに一瞥《いちべつ》する。その彼の踝《くるぶし》のあたりがすりむけて血が出ていることに、撫菜は気づいた。

「怪我《けが》してる……！」

「たいしたことはない」

「でも……」

「もうかまうな。……っ」

触《ふ》れると、彼はまた小さく呻いた。すりむいただけでなく、どうやら挫《くじ》いてもいるようだった。

(どうしよう)

怪我をさせてしまった。しかもこんな雨の中だ。怪我人を座らせておくわけにはいかない。

途方に暮れて周囲を見回す撫菜の目に、小さな御堂《みどう》が飛び込んできた。


撫菜は寺の敷地内に手水舎《ちょうずや》を見つけ、そこの水で傷口を清めてから、肩を貸して彼を御堂の中へ連れていった。

夏とはいえ夜に濡れたままでいるのは少し寒かったが、雨を凌《しの》げるのはありがたかった。

かまうな、と最初は言っていた男も、撫菜が聞かないので途中で諦《あきら》めたようだった。

撫菜は持っていた手巾《しゅきん》で彼の傷を縛《しば》った。痛いの痛いの飛んでけ……！　と、撫菜が唱《とな》えると、男はまた妙《みょう》なものを見る目で撫菜を見た。

「……何だ、それは？」

「痛みが消えるおまじない」

「馬鹿馬鹿しい」

呆れたように男は言った。

けれどそれに憤慨《ふんがい》するよりも、もしかして彼はこのおまじないを知らないのだろうかと
いうことに、撫菜は驚いた。

（かなり有名だと思ってたけど……）

誰でもたいていは子供の頃にやってもらったことがあると思っていたのだ。

とはいえ、撫菜自身も自分が唱えてもらった記憶があるわけではない。撫菜の両親は子
供の怪我などに頓着《とんじやく》するような人たちではなかったから、近所の子がしてもらっている
のを見て覚えただけだったのだけれど。

（この人も、してもらったことないのか……）

そう思うと、なんだか不思議な親近感を覚えた。

「どうですか？　効《き》いた？」

「効くわけないだろう」

効果を聞いてみると、彼は一蹴《いっしゅう》した。そしてぼそりと呟《つぶや》く。

「……変な奴」

「え……そうかな」

割と言われることではあるけれども、撫菜はちょっと動揺する。

「あの……」

話しかけると、彼はじろりと撫菜を睨《にら》んだ。

撫菜はまたぎくりと身を竦めそうになりながらも、お礼を言おうとした。

「さっきは、庇ってくれてありがとうございました」

「別に庇ってない」

「でも」

たしかに支えようとしてくれたと思ったのだけれど。

撫菜がそれを口にすると、

「結局転んだんだから」

と彼は答えた。

（……そうか）

この人にとっては、支えきれなかったということは、支えないのと同じことになるのか、と撫菜は悟った。

（それは違うと思うんだけどな……）

実際、おかげで撫菜は怪我をしなくて済んだのに。

「ええと……」

撫菜は気を取り直し、別の方向から話を繋《つな》ぐ。

「俺のせいで怪我させせちゃってごめんなさい。服も汚れちゃって……」

「汚しちゃって、だろう」

「う……」

冷たく突っ込まれ、小さくなる撫菜に、男は吐息《といき》をついた。

「今さらだ。どうせ濡れてたし。──そっちこそ怪我は」

「お……俺は大丈夫！」

元気に答えながら、気にしてくれたことが撫菜は嬉しかった。転びそうになった撫菜を助けようとしてくれたことといい、態度はきついけれどきっと優しい人なのだと思う。

なんとなく心が温かくなって、濡れた浴衣の冷たささえ忘れてしまいそうだった。

そのとき、彼の目がふいにまるくなった。

「──男なのか」

「えっ」

投げかけられた問いに、撫菜もまた驚いた。自分の身体を見回せば、身体に張り付いた浴衣がすっかり透《す》けていることに気がついた。慌てて隠すように抱き締める。

（っていうか、隠すほどのものでもないけど……）

女に間違われているとは思わなかった。この長い髪は、娑婆《しゃば》では違和感があるのだろうか。寝るとき褥《しとね》に流れると色っぽいとお客に言われてから、ずっと伸ばしているのだけれど。

それでも彼は、撫菜の性別などにはたいして関心もなさそうに目を逸《そ》らす。

「……俺に何の用があったんだ」

聞かれて、撫菜はようやく自分の目的を思い出していた。

「あ、そうだ……！　船……！」

男は眉を寄せた。

撫菜は焦《あせ》ってどう説明していいかわからなくなる。男の顔を必死で見上げる。

「俺、道聞こうと思って……！　ここ、どこ……ですか？　俺、波止場へ行かないと」

「波止場……？」

ますます男の眉間《みけん》の皺《しわ》が深くなる。

「……迷子《まいご》か」

迷子……という呼び方に少し引っかかりながら、撫菜は頷いた。幼く見られることが多いにしても、さすがに子供という歳ではないと思うのだけれど。

「どこへ行きたいんだ」

「……公園」

「あの、公園の中に波止場があって、そこでみんな待ってるから、早く戻らないと叱られる」

「……隅田川に面した広い庭園？」

「そう……！」

撫菜はこくこくと頷いた。

「けっこう遠くまで来てると思うが……この雨の中を歩いて？」

「え？」

まだかなり雨は激しく降っている。ここでしばらく雨宿《あまやど》りするつもりなら、今聞いても忘れるのではないかと問われ、撫菜は返事に詰《つ》まった。

今でさえ、鷹村はかんかんに怒っているだろう。騒ぎが大きくなれば折檻《せっかん》されるかもしれない。どうせ真夏なのだ。多少濡れたとしても、一刻《いっこく》も早く戻ったほうがいいことはわかり切っていた。

「……雨が止《や》むまでここで待つ」

それでも、気がつくと撫菜はそう口にしていた。何故《なぜ》だか、彼とすぐに離れてしまうのが、とても名残惜《なごりお》しかった。別れたらもう二度と会うことはないのだろうから。

「お兄さん、このあたりの人？　凄い建物がいっぱいあって、俺の住んでたところとは全然違う……」

初めて会った者同士で、それほど話すことがあるわけでもない。

撫菜は他愛もないことをあれこれと話しかけたけれども、彼の受け答えはとても素《そ》っ気《け》なかった。

優しい人だと思ったのは間違いだったのだろうかと、少し寂《さび》しくなりながらも、自分があまりに迷惑《めいわく》をかけたから怒らせたのかもしれないとも思う。

(怖い顔してるし……。でも、やっぱり凄く綺麗な人)

なんとなく目が惹きよせられてしまう。

「あの……ごめんなさい。お参りの邪魔して」

「別に。どうせもう帰るところだった」

「誰か大切な人のお墓なんですか？」

そう口にした瞬間、じろりと睨まれた。

撫菜はびくりと身を縮めた。それがまた彼を苛《いら》つかせたようだった。

「いちいち怯《おび》えるな……！　俺は殴ったりしない」

「ごめんなさい……っ」

ますます撫菜は小さくなってしまう。

(聞いちゃいけないことだったんだ……)

立ち入りすぎた、と撫菜は後悔《こうかい》した。こういうふうに気が回らないから、色子としても今ひとつぱっとしないのだと思う。

「あ……いや……」

撫菜があまりに怯えて見えたのだろうか。男ははっとしたような表情をした。そしてややばつが悪そうに目を逸らす。

「――妻の墓だ」

(妻……)

答えてくれたのが嬉しく、またその答えに、撫菜はひどく驚いた。こんなにも若くして彼が結婚し、その妻を亡《な》くしていたこと。

「じゃあ……あの百合は……」

彼の花束より先に生けられていた花。

「あれは……多分、妻の昔の恋人が供えたものだろう」

「昔の恋人……」

それを聞いただけでも、何か事情があるのは容易《ようい》に察《さっ》せられた。けれどそれ以上突っ込んで聞くことはできなかった。

どんなに辛《つら》かっただろうと思うと、胸が痛む。きっととても愛している人だったのだろう。だからこそ、あんなに思い詰めた顔で墓石の前に立ち尽《つ》くしていたに違いなかった。

泣いているのかと思ったのは、雨のせいばかりではなかった。彼の表情があまりに辛そうだったから。

彼の痛みと寂しさを想像すると、息が苦しくなるほどだった。

何か少しでも気持ちを晴らしてあげられればいいのに、と撫菜は思う。

「あの……」

彼のために何かしてあげたかった。

「怪我させちゃったお詫《わ》びに……俺とする？」

「は……？」

彼の心を慰《なぐさ》めたかった。でもどうしたらいいかわからなくて、これしか思いつかなかった。勿論、色子が客以外の男と寝るのは許されないことだが、今ならきっと、黙っていれば誰にも知られずにすむ。

（お客さんはみんな、俺の身体だけは誉めてくれるし）

撫菜のお客は、撫菜を抱くと辛いことはみんな忘れる、とよく言ってくれた。だから彼も……奥さんのかわりにはならなくても、撫菜の身体を使って楽しんでくれたら。

だが、彼は眉間に皺を寄せた。

「そういう冗談は大嫌いなんだ」

吐き捨てるように言う。冗談なんかじゃないんだけど、と言おうとして、撫菜は言えなかった。

「雨が上がったな」

と言いながら、彼は立ち上がった。

「あ、足は……!?」

「もう痛くない」

もともとそれほどひどく挫いていたわけではなかったのだろう。彼の怪我が軽かったことに、撫菜はほっとした。

彼は御堂の観音開《かんのんびら》きの扉を開き、外を見やる。屋根からぽつぽつと水滴が落ちるのは見えるものの、雨自体は止んでいるようだった。

(ああ……)

もうこの人ともお別れだと思うと、撫菜は何故だかひどく寂しかった。

「急いでいるんだろう?」

撫菜が頷くと、彼は一つの方向を指差した。

「寺の門を出たら石段を下りて左へ進み、二つめの角《かど》を右へ曲がる。突き当たったらまた右へ……」

撫菜は彼が説明してくれるのを、一生懸命覚えようとした。

「わかったか?」

「えと……左へ行って、角を曲がって……」

「二つめの角を右へ曲がって」

復唱《ふくしょう》しようとすると、彼に訂正《ていせい》された。

「二つめの角を右へ曲がって……それから……ええと」

続きが出てこなくなる撫菜に、彼はもう一度頭から繰り返してくれた。そして再び、わかったかと聞いてくる。

少し自信はなかったが、睨まれると顔が綺麗なだけに怖くて、撫菜は頷いてしまった。

「あ……ありがとうございました」

行け、というように頷かれ、撫菜は頭を下げて歩き出す。

（ええと……まずはお寺から出ないと）

記憶をたどりながら歩いていく。

夏とは言っても夜、御堂を出て濡れたまま夜風に晒《さら》されると、やはり寒かった。撫菜は無意識に自分の身体を抱き締めてしまう。生乾《なまがわ》きの浴衣もひどく気持ちが悪かった。

（たしか角を……）

きょろきょろと周囲を見回しながら、角を曲がろうとする。

その途端、後ろから襟首を摑まれた。

「寺を出る前に迷うとはな」

あの男の声だった。

「あ……」

呆れ声だが、気にしていてくれたのだろうか。嬉しくなって振り向こうとしたら、頭から布のようなものがばさっと被《かぶ》せられた。

「え……？」

触れてみると、洋服の上着のようだった。覗き見れば、彼はシャツ一枚の姿になっている。

「いっ、いいよ……！　あなたが寒くなるよ……！」

「いいから」

慌てて返そうとするのを押しとどめられる。そして彼は、撫菜の後ろ頭に触れてきた。

（え、撫で……？）

撫でられたように思えたが、気のせいだったのかもしれない。そのまま、促《うなが》すように軽く押された。

「こっち」

男は先に立って歩き出し、撫菜はぱたぱたとあとを追う。

「ご……ごめん……俺、覚えが悪くて」

「そうだな」

「！　そんなはっきり言わなくても……！」

自覚のあったこととはいえあっさりと頷かれ、思わず言い返す。

そんな撫菜を見て、彼がちょっと口許を緩《ゆる》めたような気がした。

（あ……笑った？）

初めて見る彼の微《かす》かな笑顔に、撫菜は胸がときめくのを覚えた。可愛い、と思い、でもそれは見間違いかと思うほど一瞬のことだった。彼はすぐに無表情に戻ってしまう。

ただ、少しだけ歩く速さを緩めてくれた気がした。

そう感じるのも気の迷いかと思いながらも、撫菜は嬉しくなる。

そして寺の門を出て、石段を下りたときだった。

「いたぞ……!!」

怒声《どせい》が響き、撫菜ははっと顔を上げた。

見世の若い衆たちの姿が、通りの向こうに見えた。撫菜を捜しに来たのだ。

彼らは駆け寄ってきて、撫菜の腕を摑んだ。

「この野郎……！　逃げきれるとでも思ってたのか!?」

怒鳴りつけられる。完全に、撫菜が足抜けを企《たくら》んだと思われているようだった。そうでなければ、大見世の若い衆は、あまり売れっ妓でないとはいえ色子に対してこういう物言いはしない。

剣幕《けんまく》に怯えながら、撫菜は首を振った。逃げる気などなかったのだと言いたかった。けれど相手は聞いてはくれず、手を振り上げる。

(撲《ぶ》たれる……！)

撫菜はきゅっと首を竦めた。

けれどその手が振り下ろされるよりも、後ろから別の手に肩を摑まれ、強く引き戻されるほうが早かった。

振り向けば、彼だった。彼は撫菜を守るように一歩前に出た。

「どういう関係だか知らないが、言い分も聞かずに手をあげるつもりか？」

(あ……)

彼はまた自分を庇ってくれたのだ。そうとわかると、撫菜は胸がじんと熱くなるのを感じた。

優しい人だと思ったのは、やっぱり間違いではなかったのだ。今日初めて会ったばかりで、勿論抱いたわけでもない撫菜のために、何人もの若い衆たちを敵に回して抗議してくれている。

こんなふうに人に守られるのは初めてで、彼の親切が苦しいくらい嬉しい。

「誰だ、あんた」

「まさか間夫《まぶ》じゃねーだろうな」

若い衆たちが口々に凄《すご》む。

「間夫？」

「ち、ちが……！」

男が怪訝《けげん》そうな顔で聞き返す。撫菜は慌てて否定した。変に誤解されたら、彼に迷惑がかかるかもしれないと思った。

「この人は、道を教えてくれたただの親切な人だから……！」

撫菜は前に飛び出して、両手を広げて彼を庇った。

「ぶらぶらしてたら道に迷って、雨宿りしてただけなんだ。今、波止場まで連れていってもらおうとしてたところで」

若い衆たちは顔を見合わせる。

撫菜は振り向いて男の上着を脱いだ。その瞬間は、皮を剝《は》がれるように辛かった。途端に肌寒さを覚えながら、それを彼の手に返す。

「ありがとうございました」

撫菜は深く頭を下げて、無理をして微笑《わら》った。

「いや……」

彼の困惑した綺麗な顔を見上げると、またとても名残惜しい気持ちが込み上げてきた。たいした会話さえ交わしたわけではない相手なのに、不思議だった。

けれどもう、彼と一緒にいられる時間も終わってしまう。

「帰るんだ」

と、若い衆たちは乱暴に撫菜を促す。

「おい……！」

一緒に行こうとした撫菜に、彼が声をかけてくる。

彼のほうから話しかけてくれるのは、初めてのような気がした。

「大丈夫なのか、こんなやつらと帰って……⁉」

心配してくれるのかと思うと嬉しくなって、撫菜は自然に微笑を浮かべていた。

そして頷き、若い衆たちについて歩き出した。

【2】


既にリムジンは他の皆を乗せて庭園を去っており、撫菜は別の車に放り込まれ、見世へと連れ戻された。

撫菜がいなくなったために、ずいぶんな騒ぎになっていたらしい。帰り着くと鷹村に呼ばれ、きつく説教を受けた。

墓地で会った男のことも若い衆たちから報告を受けていたようで、ずいぶん突っ込んで聞かれた。

撫菜が一生懸命説明して、彼とは初対面だったことや、逃げようとしたわけではないことはわかってもらえたようだったが、それでも一人で勝手な行動をとって皆に迷惑をかけた罪は重いとされ、お仕置きとして一晩土蔵《どぞう》に放り込まれた。

夏とはいえ寒々しい蔵《くら》の中で、撫菜の心を占《し》めていたのはあの男のことばかりだった。

(怖かったけど、いい人だったな……)

(俺のこと二度も庇ってくれたし、怪我までさせたのに殴らなかったし、道も教えてくれ

て、俺が覚えられなかったら一緒に歩いてくれた。歩幅も合わせてくれたし、怯えたら気にしてくれたみたいだった）

多分答えたくなかっただろうことを、答えてもくれた。

考えてもしかたがない――そう思うのに、何故だか彼のことが頭を離れない。

（でも……別にいいよね）

二度と会えない人のことをずっと覚えていても。

この花火の夜のことは、きっと一生の思い出になると撫菜は思った。

翌日、結局眠ることができないままで、蔵から出してもらった撫菜は、楼主の部屋へと牽《ひ》いていかれた。

ここへ入るのは、花降楼へ買われた日以来のことになる。

まだ怒られるのだろうかと怯えながら、床に座らされたまま、撫菜はきょろきょろと室内を見回した。

紅殻《べんがら》塗《ぬ》りの壁、格子《こうし》の嵌《はま》った磨《す》り硝子《ガラス》の窓。あのときと同じ不思議な感じのする部屋で、楼主が椅子に脚を組み、撫菜を見下ろしている。

何もかも見通したような目で彼は言った。

「おまえは昨日、ある男と一緒だったそうだね？」

訊《たず》ねられ、撫菜はどきりとした。

「少し癖のある、とても綺麗な顔をした男だったそうだが」

「……」

ある男とは勿論、墓地で会った彼のことだろう。彼は撫菜を助けてくれただけなのに、まだ何か誤解されているのだろうか。そのことで、楼主は怒っているのだろうか？

「お答えしなさい」

鷹村に促され、撫菜は躊躇《ためら》いがちに唇を開いた。

「……一緒でした。でも、ただお寺の墓地で会っただけで」

「墓地？」

楼主は興味を惹かれたように、軽く眉をあげた。

「それで？」

途惑《とまど》ったまま鷹村を見れば、ただ黙って撫菜が話すのを待っているふうだった。撫菜は仕方なく最初から話しはじめた。

「あの……俺、逃げようなんてほんとに思ってなかったんです。ただ車が来るまでだいぶかかるって話してるのを聞いたから、それまでそのあたりをふらふらしてようと思っただけで……でも、そしたら道に迷っちゃって。困ってたら、あの人と偶然《ぐうぜん》会って」

「それは運命的だったね」

揶揄《からか》うような楼主の科白が却って怖い。嘘をついていると思われているのだろうか。だとしたら信じてもらわなければと、撫菜は一生懸命説明した。彼に迷惑をかけたくなかった。

「誰かに道を聞きたかったけど雨で外には誰もいなくて、お寺の中になら誰かいるかもしれないと思って、入っていったらあの人がいたから」

「それで一緒に雨宿りして、道を聞いたら送ってくれた？」

「はい」

「初めて会ったにしては、ずいぶん親切にしてもらったようだね？」

その言葉に、はっと撫菜は顔をあげた。やっぱり楼主はまだ彼のことを撫菜の間夫だと思っているのだろうか。

「ち……違いますっ、あれは俺があんまり物覚えが悪いから、見かねて」

「見世の若い衆からおまえを庇ってくれたんだろう？」

「はい……でも、あの人は何も知らなくて、ただ俺が殴られそうになってると思ったからで」

そのことで、彼が怒られたらどうしようと思う。

「だからあの人は何も悪くなくて」

「おまえも……その男をずいぶん気に入ったようだね」

「……っ」

言い当てられて、撫菜はかっと頬《ほお》が熱くなるのを感じた。

「で……でも、それは俺が一方的に……っ」

だから間夫とかではないし、どこの誰ともわからない——二度と会うこともない人なんだからと言おうとして、胸が詰まる。

楼主は笑みを浮かべて撫菜を見下ろしている。その笑みは、優しいというよりはどこか面白がってでもいるようで、撫菜は不安を覚えずにはいられなかった。

彼はふいに、撫菜の前に一枚の写真を差し出してきた。

「あっ……」

撫菜は思わず小さく声をあげてしまう。学生服を着ていて、今よりだいぶ若く見えるけれども、墓地で会った彼に違いなかったからだ。

(可愛い)

この写真の彼は、今の撫菜より年下だろう。大人びた顔立ちの彼を可愛いと形容するのは少し違うのかもしれないが、それでも昨日会った実際の彼とくらべれば幼い。

つい唇を綻《ほころ》ばせそうになる撫菜に、楼主の声が降ってきた。

「間違いないね」

「あ……」

認めても大丈夫なのだろうかと不安になる。けれどこれだけあからさまな反応をしてしまったあとでは、頷くしかなかった。

楼主は撫菜の手から写真を取り戻し、そして言った。

「あれは私の縁《ゆかり》の者なんだよ」

「えっ……？」

その科白に、撫菜は驚いて声をあげた。思いもよらなかった言葉だった。彼と楼主のあいだに、繋《つな》がりがあったなんて。

「え……縁の者って……親戚《しんせき》とか？」

そう口にして、じろりと鷹村に睨まれる。撫菜は未《いま》だに敬語が上手く使いこなせなくて、鷹村によく叱られていた。

「あ、えっと、ご親戚……ですか？」

「まあそんなようなものだ」

楼主は頷いた。

（親戚……）

この人と彼には、同じ血が流れているということになる。顔立ちに、似ているところがあるだろうか。俄《にわか》には信じられず、じっとその顔を覗き込んでしまう。

楼主も整った顔をしているが、あの男のほうがずいぶん怜悧《れいり》な感じがすると思う。髪形や、確実に一回りは違う歳のせいもあるだろうが、まるで種類の違う美形に思えた。似ているところといえば、どことなく気品のようなものを感じさせることくらいだろうか。

(あ……)

もしかして楼主は、それで怒っているのだろうか。撫菜が親戚に手を出したと思われているとか?

(それも違う)

釈明《しゃくめい》しようと撫菜は唇を開くが、楼主のほうが一瞬早かった。

彼は言った。

「私とゲームをしてみないか」

「ゲーム……?」

廓《くるわ》では聞き慣れない言葉だった。意味がわからず、撫菜は鸚鵡《おうむ》返しにする。

「そうだ」

楼主は頷いた。

「おまえの身体で、あの子を落としてみなさい」

「えっ……!?」

ますますわからない科白に、撫菜は目を見開いた。

「お……落とすって……」

「骨抜きにするということだ。いつも客にしているように、その淫らな身体を抱かせて虜《とりこ》にするんだよ」

「え？　は……何言って……っ」

撫菜は狼狽《うろた》えた。そんな話を持ちかけられるなんて、勿論夢にも思ってはいなかったのだ。第一、可能だとは思えなかった。

「む、無理です……っ、俺なんか、あの人が相手にしてくれるわけが……っ」

身体に夢中にさせるには、まず抱いてもらわなければならないのに。

あの男は、誘ったら簡単に乗ってくれるような男ではない気がした。御堂で撫菜がちらりとそれを口にしたときにも、ひどく不快そうだった。

けれど楼主は続ける。

「もしそれができたら、おまえを自由にしてあげよう」

撫菜は更に驚かずにはいられなかった。

「じ……自由……？」

「借金を棒引きにして、吉原から出してあげるということだ」

信じられず、呆然《ぼうぜん》と楼主を見上げる。

身請けしてもらえるあてもない撫菜は、年季明けまでこの花街《はなまち》から出ていくことはできないと思っていた。なのに――出られるかもしれない？

（そんなこと……）

楼主が信用できないわけではないが、実感は湧《わ》かなかった。そもそも、自分が本当に出たいのかどうかさえわからなかった。ここを出たって、狭苦しい借家《しゃくや》に折り重なるようにして暮らしている家族が喜んで迎えてくれるとは思えない。待っていてくれる人もいなければ、行くあてさえないのに？

「あの……」

自由と言われても、撫菜は喜びや希望より困惑を感じてしまう。

「どうしてそんなことをしようとする……なさるんですか？　あの人とはどういう親戚なのですか？」

「おまえは知らなくていいことだ」

楼主は撫菜の問いを一蹴した。撫菜は再び恐る恐る質問する。

「では、もし……できなかったら？」

「そうだねえ……それなりのものが賭けられなければいけないね」

楼主は少し考えて、口にした。

「おまえには、河岸《かし》見世へ移ってもらおうか」

「河岸見世……!?」

撫菜は思わず声をあげていた。

「もともとおまえは、うちの見世の格式には合わないようだからね？」

楼主はそう言って、ちらりと鷹村のほうを見る。たしかに鷹村は、楼主が撫菜を買うと決めたときもいい顔はしていなかったし、今でも撫菜には厳しい注意をすることがよくある。気に入られていないだろうとはわかっていた。

（でも、河岸見世なんて……）

河岸見世という言葉は、撫菜にはひどく恐ろしいものだった。そこまで落ちれば、今より遙《はる》かに過酷な環境で身を売らなければならなくなるのだ。客のえり好みもできなくなるし、その客層自体もひどいものになる。乱暴に扱われたり、病気になったり、または伝染《うつ》されたりして死んだ妓の話も何度も聞いたことがあった。

撫菜は震えあがった。こんな分《ぶ》の悪い賭をするわけにはいかなかった。断ろう、と撫菜は思った。

けれど楼主は言ったのだ。

「おまえがこの話に乗るのなら、あの子と再会する機会は私がつくってあげよう」

その言葉に、撫菜は息を呑んだ。

（あの人に、また——会える？）

そうだ。落とす、ということは、会えるということなのだ。会えなければ、セックスすることは勿論不可能に決まっていた。

そのことに気づいた途端、胸がとくとくと音を立てはじめる。

「どうするね?」

と、楼主は問いかけてくる。

借金の棒引きより、自由になれるかもしれないことより、ゲームに乗ればまたあの男に会える——そのことに、撫菜は惹きつけられてたまらなかった。彼を落とせるとはとても思えなかったけれど、もう一度会いたかった。

楼主がどうしてこんなことを言い出したのか、撫菜には不思議だった。何か企みがあるようで怖い。それ以上に河岸見世送りになることも怖かった。そもそも勝算はほとんどないような気がした。

この話に乗ったら、死神に魂を売り渡すようなものだと思う。一度会っただけの男にもう一度会う、そのためだけに、そこまでする価値があるのかどうか。

それなのに、撫菜の口は勝手に答えてしまう。

「……やらせてください」

自分でも、自分がよくわからなかった。

楼主は満足そうに頷いた。そしてやはり得体《えたい》の知れない楽しげな笑みを浮かべながら、再び唇を開く。

「そう——では、一つ忠告しておこう」

「え……？」

「娼妓だということは、あの子には黙っていなさい。あの子は、身体を売るような商売をする子は汚いと思っているからね。嫌われないように」

（汚い……？）

その言葉に、ずきんと胸が痛んだ。

色子である本当の自分を知られたら、彼に汚いと思われる。

（汚いんだ……）

撫菜はひどい衝撃を受けていた。気持ちがどこまでも沈み込んでいく。

でも、そう思われても仕方がないのかもしれなかった。

たくさんの客と寝て——しかも他の妓たちのように、大見世の傾城にふさわしい美貌があるわけではなく、取り柄は身体しかないようなものなのだ。清らかな身の上だとは、たしかに自分でも思えなかった。

それなのに、どうやって彼を「落とす」なんてことができるのだろう？

「それが手練手管《てれんてくだ》というものだろう？」

と、楼主は笑うけれども。

楼主の部屋を下がり、襖を閉ざす。そして撫菜は深くため息をついて、ぼんやりと立ち尽くした。とんでもないことになってしまった、と思う。

ふいに部屋の中の話し声が漏《も》れ聞こえてきたのは、そのときだった。

「まったく……人をだしにしないでいただきたいものですね」

やれやれといった口調で、鷹村が言った。

楼主が楽しげに笑う。

「さて……どうなると思う？」

「悪趣味な賭には乗りませんよ」

「つれないな」

鷹村が一蹴すると、再び楼主が苦笑する気配がした。

「私を嫌い、水商売を蔑《さげす》んでいるはずのあの子が私の見世の子を愛したらどうするか……面白い見物だと思わないか？」

「まったく……酔狂《すいきょう》なことといったら」

鷹村は深くため息をついた。

「どうなっても私は知りませんよ」

彼らの会話の意味は、撫菜にはよくわからなかった。けれど何故だか怖さが募《つの》る。

（どうなっても、って……どうなるんだろう？）

襖に近づいてくる衣擦《きぬず》れの音を聞き、撫菜は慌てて楼主の部屋を離れた。

【3】

それから数日して、撫菜は仲の町通りの一番奥にある讃岐屋《さぬき》で、うどんを食べながらあの男を待っていた。

ここで待っているように、と鷹村を通じて楼主からの指示があったのだ。

（もうすぐこの店に来るって……）

そう思うだけでどきどきした。賭の恐ろしさも、今は高揚感《こうよう》の前にすっかり霞《かす》んでしまっている。

（でも、どうしてあの人は吉原なんかに？）

頭がまわらなくて聞かなかったけれど――聞いても教えてくれなかっただろうけれど、楼主が呼んだのだろうか。それとも……女を買いに？

（それはないか……。汚いって言ってたし）

とは言っても、嫌いなのと買わないのは、違う。撫菜の客にも、娼妓を蔑み、憎んでいるかのように苛《さいな》みながらも三日と空けずに通ってくるような男もいるのだ。

（あの人も、もしそうだったら……）

想像すると、なんだか少し悲しい気持ちになる。けれどそれと同時に、だったら撫菜のことも気軽に買ってくれるかもしれないのに、とも思う。不思議だった。

（あ……！）

店に入ってくるあの男の姿を見つけたのは、そんなことを考えていたときだった。

（ほんとに来た……！）

暖簾《のれん》をくぐる彼を見た瞬間、撫菜は反射的に立ち上がってしまった。

入り口で二、三、店員と話した彼は、店内に入ってくる。そして彼の視線が、棒立ちになったままの撫菜を捉《とら》えた。怪訝そうな顔が、次第に驚きに変わる。撫菜は痛いほど胸が高鳴るのを感じた。

（覚えててくれたんだ……！）

あんな短い邂逅《かいこう》では、忘れられていてもしかたがないと思っていたから、たまらなく嬉しかった。

（ど……どうしよう。声をかけないと）

初めて会った日の素っ気なさを思い出し、気後《きおく》れしながらも、撫菜は彼に微笑いかけた。

「ぐ……偶然だね」

あまりにも白々《しらじら》しい科白だっただろうか。彼は疑うというよりは、まだ少し呆然とした顔で、唇を開いた。

「――どうしてこんなところにいるんだ」

「え……」

そう聞かれて、何も答えを用意していなかったことに気づく。彼に会えるということだけでのぼせあがって、会ってから具体的にどうするかということには、まるで考え至ってはいなかったのだ。

「え、えーと……あの、うどん、食べてる」

彼はますます呆れた顔になる。

うどんを食べていることくらいは、見ればわかるのだ。男が聞いたのはそんなことではないはずだった。

男はため息をついた。

「このあたりの見世で働いているのか」

「そ――」

そのとおりだと答えようとして、撫菜は思いとどまった。

彼は娼妓が嫌いなのだ。正直に打ち明けるわけにはいかなかった。第一、そのために地味な着物を着て髪を束ね、帯も後ろで結んできたのだ。

そしてまた楼主に忠告されたという以上に、身体を売って暮らしていることを、撫菜自身が何故だか彼に知られたくなかった。

「ええと……あの、……近くの水茶屋《みずちゃや》で働いててっ……今、昼御飯だから……」

「そうか……そういえば、中にもいろんな店があるんだったな」

彼は納得してくれたようだった。

吉原は赤線地区とはいえ、娼妓だけが暮らしているわけではない。遊廓や娼館で働く者たちのための食事処《どころ》や水茶屋などもたくさんあったし、勿論そこに勤めている者も多くいるのだ。

「あ……あなたこそどうして吉原なんかに？」

撫菜は話を逸らそうとする。

「馴染みの女でも？　す……隅に置けないね」

本当にそうだったらどうしよう、と思ったら、なんだか笑顔が引きつったようになってしまった。

「知人に会いに来ただけだ」

男は憮然《ぶぜん》と返してきた。

「そうしたら、この店を予約したから帰りに食べていくように言われたから」

「は……予約……？」

その答えに、撫菜は一瞬言葉を失う。それなりに人気の店とはいえ、本場の名店でも何でもないうどん屋に予約を入れるというのは、普通ちょっとありえない。撫菜と会わせるために楼主が入れたのだろうが、それを変だと思っていないらしいこの男も相当ずれていると言えた。

「……そうなんだ」

突っ込むわけにもいかず、そう答えるしかない。

それでも、彼がやはり女を抱きに来たわけではなかったのだと知って、撫菜はなんだかほっとした。疑って悪かったと思う。

「あ、よかったら一緒に食べない？ このあいだのお礼に、俺が奢《おご》るから！ な、座って……！」

「え……いや、俺は」

途惑う男の袖を摑み、強引《ごういん》に向かいに座らせようとする。

男は吐息をついた。

「……また転ばされたら、たまらないからな」

そう言って、仕方なさそうにどさりと腰を下ろす。

どういう理由だろうと、彼が一緒に食べる気になってくれて、撫菜は嬉しかった。それに何故だか彼の表情は、いやいや座ったようには見えなかったのだ。相変わらず冷たい顔をしているのに、何故そう思うのか自分でも不思議だったけれども。

「何にする?」

「何って」

男はまだ少し途惑いながら、周囲を見回す。

「……品書きは」

「あ、あそこ」

壁にずらりと並べられた板を指差す。

「あんなところに……」

「ここ、俺のおすすめはキツネうどんなんだけど、他のもけっこういけるんだよ」

にここにこと教えると、彼はまた呆れたようなため息をつく。初めて会ったときから、何故だか彼にはよく呆れられているような気がする。

「それでいい」

「キツネうどん一つ! それとおいなりさんも追加ね!」

撫菜は店員に注文した。とにかく男を引き留《と》めることができて、ほっとした。

(あ……)

そしてようやく落ち着いて座り、向かいの男を見て、彼の額《ひたい》に汗が浮かんでいるのに気づいた。

「暑かったでしょう」

撫菜は着物の袂《たもと》で、その汗をぽんぽんと拭《ふ》いてやる。

男はひどく驚いたように顔をあげた。

「あ……ごめん。汗かいてたから。……びっくりした？」

「……別に」

男は顔を背《そむ》ける。そんなにも嫌だったのかと撫菜は少し悲しくなるが、よく見れば彼の表情は、やはりさほど嫌がっているふうではなかった。心なしか、わずかに頬が上気《じょうき》しているようにも見える。

撫菜は試《ため》しに、耳の下から首のあたりも拭いてみた。彼はびくりと反応はしたが、振り払おうとはしなかった。

おとなしくさわらせてもらえて、撫菜は嬉しくなった。彼はこういうのは嫌いではないのかもしれないと思う。

「……あのあと、殴られなかったか」

表情を変えるでもなく、ふいに彼は言った。

このあいだの花火の夜のことを気にしてくれていたのだろうか。

ますます気持ちが浮き立つのを感じながら、撫菜は微笑って答えた。

「うん、大丈夫。あのときは、ありがとう」

一晩土蔵に放り込まれたけれども、殴られることはなかった。それも彼のおかげだと、撫菜は思っていた。

「あなたも……風邪とか引かなかった？」

「いや。そっちは――そういえば、なんとかは風邪引かないんだったな」

「よく言われる。でもそんなに馬鹿じゃないと思うんだけど……、……ちょっとしか」

男の視線に臆《おく》しながら、多分、と付け加える。そこが可愛いと言ってくれるお客もいるけれども、それは何故だかあまり嬉しくない撫菜だ。

ちょうどそのとき、キツネうどんといなり寿司が運ばれてきた。

男は目の前に置かれた丼《どんぶり》の中の油揚《あぶらあ》げを、興味深そうに眺める。そして言った。

「これがキツネか……」

「え」

初めて見るようなことを言われ、撫菜はぽかんと口をあけてしまう。

「もしかして、キツネうどん見たことなかったとか」

「ああ」

そんな人がいるのかと、撫菜は目をまるくした。うどん屋にも入れないほど貧乏だったのだろうか。

(俺も子供の頃は入れなかったけど)

撫菜が初めてキツネうどんを食べたのは、花降楼の禿になってからのことだった。当時ついていた傾城が奢ってくれたのだが、この世にこんなに美味《おい》しいものがあるのかと思ったほどだった。以来ずっと、キツネうどんは撫菜の大好物だ。

でも、この男はどこか上品で、とてもそんな貧乏人には見えない。

（そりゃ、見かけによらない人ってたくさんいるけど）

紳士に見えたお客が、褥に入った途端に豹変《ひょうへん》するようなことは、撫菜にとっては日常茶飯事だった。

（だったらどうして？）

「どうしてこれがキツネなんだ？」

と、彼は聞いてくる。撫菜も昔同じことを傾城に聞いたことがあったので、答えることができた。

「キツネは油揚げが大好きだからなんだって」

「へえ……。じゃあそれは？」

男が撫菜の前の皿を示す。

「これはおいなりさん。油揚げの中にお寿司が入ってる。キツネはお稲荷《いなり》様のお使いでもあるんだって」

「そういえば、少し似てるな……」

「何が、何に？」

「おまえが、キツネに」

「えっ……そう、かな？」

撫菜は首を傾げた。

（でも、言われてみれば……）

まるくてやや吊《つ》りぎみの目は、キツネっぽいといえばそうとも言えるかもしれない。

「へへ」

誉められたわけではないのはわかっているが、その言葉は彼が自分のことを見てくれた——関心を持ってくれたしるしのように思えて、撫菜はつい顔を綻ばせてしまう。

「さ、冷めないうちに遠慮なく食べて」

言いながら、箸《はし》入れから抜き出した割り箸を渡す。そしてふと思いついた。

「あ、割り箸で恋占いできるんだよ、知ってる？」

「は？」

「右か左か、どっちか自分で、もう一方が相手、って決めて、お祈りしながら割るんだ。大きいほうが思いが強いんだって。誰か好きな人とか……あ」

そこまで言って、撫菜はようやく気づいた。

（そういえばこの人、奥さんを亡くしてるんだった……）

「ご、ごめん……！」

撫菜は慌てて謝った。

「何が」

「だって……」

男は撫菜の失言に気を悪くしたようすはなかった。無造作《むぞうさ》に割り箸を割り、うどんを食べはじめる。そんな姿でさえ、どことなく上品で優美で、思わず見惚《みと》れそうになるほどだった
話題も途切《とぎ》れ、撫菜は所在《しょざい》なくうつむいていなりを頬張《ほおば》る。

（どうしよう）

せっかく最初に会ったときよりも彼の口数も少しだけ多くなって、悪くない雰囲気だったのに、言わなくていいことを言ってしまった。怒っている感じではないのがせめてもだけれども。

（……失敗しちゃったな）

撫菜は項垂《うなだ》れる。

目の前に一枚の紙が差し出されたのは、撫菜が食べ終わったのとほとんど同時だった。

「え……？」

受け取って見れば、いなり寿司を咥えたキツネが鉛筆で描いてあった。

「わあ……！　可愛い……！」

撫菜は思わず歓声《かんせい》をあげた。写実的でありながら、どこかふわふわと温かく、可愛らしい絵だった。

「絵、上手いんだね。絵描きさん？」

「いや」

「趣味なんだ？　でも凄い上手だよね。絵描きさんになればいいのに」

別にそれほど上手いわけじゃない、と彼は言うけれども、撫菜にはとても勿体なく思える。

「一応、他に仕事があるから」

「どんな？」

「家の事業を継《つ》いだんだ。父が亡くなったときに」

「あ……お父さんが……」

では彼はこの若さで妻だけでなく、父親も失っているのだ。

(寂しいだろうな……)

そう思うと、撫菜の胸も疼《うず》く。撫菜は殊更《ことさら》に明るく言った。

「ね、こんど俺のことも描いてくれる？」

「そこに描いてあるだろ」

言われて再び絵に視線を落とす。

「……って、このキツネが⁉」

できれば人型に描いて欲しかった、と撫菜は思った。けれどそれでも、彼が自分を描いてくれた——しかもとっても可愛く描いてくれたことは、やっぱり嬉しい。

「人物は描かないんだ」

「どうして？」

「興味ない」

「そうなんだ……」

自分に興味がないと言われたようで、撫菜はしゅんとうつむく。その頭に、彼の声が降ってきた。

「……よくそんなに表情が変わるもんだな」

「え……そう、かな？」

落ち着きがないとはよく言われるけれども。

「見てて飽《あ》きない」

と、彼は言った。

(誉められた……？)

わけではないのだろう。どう捉えていいかわからず、けれど飽きないというのだから、きっと悪い意味ではないのだ。へへ、と撫菜は笑った。

「あ……」

そしてふと彼が描いてくれた絵に目を落とし、その隅に署名《しょめい》があるのに気づいた。

「これ、なんて読むの？」

「ひずい」

「氷瑞……これ、雅号《がごう》？」

絵を描く人には、本名とは別にそういう風雅《ふうが》な名前があることがあるのだと、お客に教わったことがあった。

「ああ」

「格好いいな。氷瑞さんって呼んでいい？」

「好きに呼べばいい」

おまえは、と彼は聞いてきた。

「え？」

「名前」

名前を聞くということは、やっぱり少しは関心を持ってくれていると思ってもいいのかもしれない。行きずりの相手には、普通は聞かないことだからだ。そう思って、撫菜は嬉しくなる。

でも、ぺんぺん草を意味する「撫菜」という名を告げるのは、少し躊躇われた。いっそ本名のほうを……とも思ったが、七番目に生まれたから七生というそれも、あまり好きな名ではなかった。

「教えたくないなら別に……」

撫菜の躊躇いを、氷瑞はそう取ったようだった。撫菜は慌てて首を振った。

「ううんっ、そんなことない。……ただ、あんまりいい名前じゃないから……」

「何？」

「……撫菜っていうんだ。撫《な》でる菜、って書く」

「ナズナ……」

氷瑞はその名前を繰り返した。彼の口から零《こぼ》れる自分の名に、撫菜はなんだかひどく胸がときめくのを覚える。

「おまえによく似合ってる」

「な……っ」

たしかにそうかもしれないが、そんなにはっきり言うことはないのではないか。

「どうせぺんぺん草みたいだよっ……！」

撫菜は思わずそう言って舌を突き出すけれども。

「馬鹿、違う」

「え？」

「……別の意味があるだろ」

「どんな？」

「知らないのか？」

撫菜は頷いた。どんな意味があるのだろうかと氷瑞の次の言葉をわくわくと待つ。

だが、氷瑞はばつの悪そうな顔でため息をついた。

「教えない」

「ええ？　そこまで言っておいて⁉」

撫菜は抗議したけれども、氷瑞は教えてはくれなかった。

「自分で調べろ」

彼はいたたまれないような顔で、椅子から立ち上がった。

「あ、これ……っ」

「やる」

絵を返そうとした撫菜に、彼は言った。

「ほんとに……⁉」

「……そんな紙切れが嬉しいのか？」

「嬉しいよ……！」

撫菜は絵を抱き締めた。

「ありがとう！」

氷瑞は何故だか一瞬息を呑み、そして踵を返した。そのまま出口へ歩き出す。撫菜も慌ててあとを追った。

そして会計所で巾着《きんちゃく》を取り出そうとして、大変なことに気づいた。

「な、ない……っ」

袂に入れてきたはずの巾着がないのだった。見世を出るときに忘れてきたか、どこかに落としでもしたのだろうか。両袖や帯のあいだ、あわせなどを必死で探したが、やはり見つからず、呆然と立ち尽くす。

そのとき撫菜の脇から、氷瑞がすっと札を差し出した。

「あ、え……!?」

彼は支払いを済ますと、店を出てしまう。

撫菜は再びあとを追った。

「ご、ごめん……！　俺、奢るって言ったのに……！」

男の袖を摑んで謝る。

「でも返すから……」

「別にいい」

「そうはいかないよ！　どうしたらいい？　あの……また吉原に来ることある？」

また会える機会がある？

本当はそう聞きたかったのだけれど。

「さあ」

「じゃ、じゃあ送る！　住所とか、教えてくれたら……」

「気にしなくていいと言ってるだろ」

「でも……っ」

讃岐屋が仲の町通りの一番奥にあるとはいえ、吉原自体がさほど広い街ではない。歩きながら話せば、いくらもたたずに大門が見えてくる。それがひどく恨《うら》めしかった。

撫菜は無意識に袖を摑んだまま、引き留めようとしていた。

楼主から口説《くど》けと言われたことなどはほとんど頭から吹っ飛んでいたが、ただ離れがたかった。

「本当に、気にしなくていいから」

氷瑞が善意でそう言ってくれているのはわかるのに、これで彼との接点がなくなってしまうかと思うと、涙さえじわりと浮かびそうになる。

「じゃあ」

大門へ着くと、氷瑞は言った。

「あのっ……俺、昼はたいていさっきの店で食ってるから……もしまた吉原に来ることがあったら」

撫菜はそれ以上言えなかった。

ただ見上げるばかりの撫菜の頭に氷瑞がふと、手を伸ばしてきた。やわらかい表情をしていたから、手を上げられても怖くなかった。

（あ……）

大きなてのひらで、くりくりと頭を撫でられる。

そんなふうに誰かに撫でられるのは、撫菜にとって初めてのことだった。なんだかたまらなく心地よかった。喉を掻かれる猫は、こんな気持ちなのかと思う。

いつまでも撫でていて欲しかった。

けれどその手はするりと離れた。

氷瑞は大門を出て、下界へと去っていく。このまま二度と会えなくなるのかと思うと、たまらなかった。

「次、会えたら絶対お金返すから……！」

撫菜は男の背中に向かって叫んだ。

「待ってるから……！」

衣紋坂《えもんざか》をゆるゆる下る氷瑞の姿が、次第に遠くなっていく。

撫菜はその後ろ姿を、やがて見えなくなるまで見送った。

（また会えるかな……？）

好きに呼べばいい、と氷瑞は言った。

また呼ぶ機会があるということだ、――きっと。

（頭、撫でてくれたし）

あの感触を思い出すと、胸が温かいもので満たされる気がした。それと同時に切《せつ》なくて痛い。

（きっとまた来てくれる）

胸に呟いて、撫菜は彼にもらった絵をもう一度ぎゅっと抱き締めた。

【4】

それから撫菜は、来る日も来る日も讃岐屋に通い続けた。

氷瑞は二度と現れないかもしれないと思いながら、やめることができなかった。待っているあいだはまだ完全には繫がりが切れていない――可能性が残されている気になれた。けれどそんな日々が何日も続いて、待つことは、撫菜の中でもほとんどただの習慣のようになりはじめる。

――そろそろ会えなければ、あなたの負けということになりますが……

鷹村にはそう言われ、河岸見世が目の前をちらついた。このまま氷瑞にも会えず、河岸見世へ送られることになるのだろうか。賭を受けたことは後悔していないけど、やはりたまらなく怖かった。

ふいに氷瑞が讃岐屋に顔を出したのは、そんな頃のことだった。

――別におまえに会いに来たわけじゃない

どこか照れたようにそう言いながら、彼は撫菜の向かいに座った。

――ただ……きちんとしておいたほうがいいと思って、金を返してもらいにきたんだ

撫菜は夢を見ているのかと思った。嬉しかった。

うどん代を返してもらうために来たのでもよかった。あんなに気にするなと言っていたのに、急に気が変わったのが不思議ではあったけれども。

そしてその次に彼が、

――偶然だな

と姿を現したとき、お金のことも口実だったのかもしれない可能性に気づいたのだった。

本当はどうなのか――本当に偶然で、楼主に会った帰りか何かに、ついでに撫菜にも会いに寄ってくれているのか、ただうどんが食べたくて来ているだけなのか、それとも。

なんだか怖くて問いつめることはできないまま、それから何度も讃岐屋で会うようになった。

ただ向かい合ってうどんを食べる。

身許《みもと》を明かせないから秘密も多く、他愛もない話ばかりをひっきりなく囀《さえず》る撫菜に、

――よくそんなにべらべら喋れるな

と、氷瑞は呆れたように言いながら、適当に相槌《あいづち》を打ってくれる。

(だって氷瑞さん、ちゃんと聞いてくれるから)

口数は少ないけれど、耳を傾《かたむ》けてくれているのがわかる。撫菜の話で、表情が少しだけ

変わったりする。気をつけていないとわからないくらいのその変化を見るのが、撫菜は楽しかった。逢瀬《おうせ》を重ねるたびに、よく見分けられるようになっている気がした。

その途中、吉原神社でおみくじを引いたり、小間物屋《こまものや》を冷やかしたりするようになっていた。

少しでも終わりを引き延《の》ばしたい撫菜の思いに気づいているのかいないのか、氷瑞はそれにつきあってくれる。そのたびに櫛《くし》や簪を買ってくれて、撫菜の抽斗《ひきだし》にはたくさんの小物がしまわれていった。

大門で別れるときには、

――またね
と言う。すると彼は撫菜の頭をくりくりと撫でてくれる。撫菜はそうされるのがとても好きだった。最初は別れ際だけだったのが、最近はだんだん他のときも撫でてくれるようになっていた。

撫菜のお客でもなく、身体を抱いているわけでもないのに、氷瑞はものを買ってくれる。頭を撫でてくれる。なんていい人なのかと思う。お客と違って、氷瑞は撫菜の身体じゃないものを見てくれている気がする。

それは撫菜にとって、男を識《し》って以来、初めての経験だった。河岸見世のことも賭のことも、もうほとんどどうでもよかった。何もしなくても、彼と今一緒にいられるだけでしあわせだった。

（笑ってくれたらもっと嬉しいんだけどな……）

自分に笑いかけてくれる彼の笑顔を、一度でいいからちゃんと見てみたかった。

（どうして笑わないのかな？　……死んじゃった奥さんのこと、忘れられないから？）

慰《なぐさ》めてあげられたらいいのに、と撫菜は思う。でもそんな日は来ない気がする。彼は、きっとそういうのは嫌いな人なのだ。

会えるだけで嬉しい。寝なくても優しくしてもらえることも。

それと同時に、彼の役に立てない自分が悲しかった。

二つの気持ちは、撫菜の中で複雑にせめぎあっていた。

けれどそんな日々は長くは続かなかった。

――いつまでままごとのようなことを続けるつもりかな？

楼主は撫菜を呼んで、そう言ったのだった。

撫菜は氷瑞に会った日だけ、楼主に呼ばれるようになっていた。

楼主の部屋へ行くのは、あまり好きではなかった。売られてきた日と同じ部屋だからか、尋問《じんもん》を受けるみたいな気持ちになる。否、実際に尋問なのかもしれなかった。

どんなことを話したのか、進展はないのか。

何故楼主が氷瑞とのことを聞きたがるのかわからないまま、撫菜は答える。何のために会っているのかを忘れるなと釘《くぎ》をさされる。

——進展がないようなら、おまえの負けということにするよ

そんなのは横暴《おうぼう》だと思う。けれど楼主の言うことに、撫菜のようなただの色子が抗《あらが》えるわけもなかった。

——紫乃多《しのだ》に話をつけておきました。もしものときには使うように

鷹村はそう言って、小さな割札のようなものを撫菜に差し出した。

それを渡せば、部屋を借りられるようにしてあるということだろうか。

吉原には表向き「連れ込み」は存在しないことになっている。けれど密《ひそ》かに営業している店がまったくないわけではなかった。娼婦や色子たちはそれぞれ店に囲われていて外で勝手な商売をすることは許されないが、大門の中に暮らしているのは売色を生業とする者ばかりではないからだ。紫乃多というのはその一つだった。

（連れ込み……そこであの人と？）

とても現実感は湧かなかった。

抱かれたい気持ちがないわけではなかった。撫菜自身の心もそうだし、今のままだと何も氷瑞の役に立てていないのが申し訳なく思えた。河岸見世送りにされてしまうのも嫌だった。

けれど氷瑞が自分に、そんな気持ちになってくれるだろうか？

それに、抱かれたら何かが終わってしまうような気がした。ずっと身体を繋げないままで、こうしてときどき会って一緒に過ごすことができたらいいのに、とさえ撫菜は思う。

割札を受け取りながらもどうすればいいのかわからず、自分がどうしたいのかさえわからずに、撫菜の心は千々《ちぢ》に乱れた。


そして撫菜は、今日も讃岐屋へ向かっていた。

（今日は来てくれるかな）

前の日がどんなに辛かったときでも、氷瑞に会えるかもしれないと思うと疲れを忘れた。

水茶屋で働いていると彼に言った手前、撫菜はあれからずっと、讃岐屋へ行くときは地味な着物に胸当てのある前掛けをしている。

彼は撫菜の嘘を少しも疑ってはいないようだった。

「お？　撫菜じゃねーか」

店のすぐ近くまで来たとき、ふいに声をかけられた。振り向けば、撫菜の上客の一人、角田《すみだ》がすぐ後ろにいた。彼はゆったりと歩いて撫菜に近づいてくる。

「そんな格好すると見違えるね。夜は着飾ってる傾城でも、昼間は水茶屋の女給みたいな格好、してるもんなのか？」

「あ……これはちょっと」

突然のことに、撫菜はちょっと狼狽《ろうばい》した。

「却って新鮮でそそられるね。で、こんな早い時間からどうしたんだよ？」

夜の遅い娼妓にとっては、普通なら今時分はまだ、起きたか起きないかくらいの時間のはずだった。

「あの……うどん食べようと思って。……角田さんこそ」

「う、うん、まあな」

角田は言葉を濁《にご》した。他の見世の妓に会ってきたところなのだろう。たとえ見世が違っても、客が娼妓に二股《ふたまた》をかけるのは歓迎されないものだが、撫菜の客には気軽に浮気をする男が多かった。

撫菜は微笑し、気づかないふりをする。

「この暑いのにうどんなんて、物好きじゃねーか」

角田はちらりと讃岐屋の暖簾《のれん》に視線を向けた。

たしかに、もうすぐ十月になるとはいえ、昼間からうどんを食べたいような陽気ではないのだった。

角田の額に汗が浮かんでいるのに撫菜は気づき、袂で拭いてやる。そうしながら、氷瑞にもこうして汗を拭いてやったことがあったな、と他愛もなく思い出す。

「そういや、この前名代《みょうだい》が、この頃おまえがいつもここで昼を食ってるって言ってたっけな。そんなに美味いの？」

「まあ」

撫菜は曖昧《あいまい》にごまかそうとする。

「まさか間夫でもできて待ち合わせてんじゃねーだろうな？」

「ま、まさか……！」

思わず手振りまでつけて否定してしまった。慌てすぎて疑われなかっただろうか。普段なら、お客には割と何でもさらりとごまかせるのに、氷瑞のことを言われるとだめみたいだった。

「本当に？　この頃ずいぶん綺麗になって、なんかあったんじゃねーかって妬《や》いてたんだぜ？」

「違いますって……っ」

また素《す》の反応を返してしまう。こんなときは、逆に嫉妬《しっと》し返してみせたり、言われた嬉しがらせに喜んでみせたりするべきなのに。

（それに、間夫なんかじゃないし）

氷瑞とは、とてもそんなふうに呼べる関係ではないし、後ろめたく思うことはないはずなのだ。

「近いうちにまた登楼《あが》らせてもらうよ。ひさしぶりに、おまえの美味しい身体が抱きたくなっちまった」

「お待ちしてます」

撫菜はにっこり笑った。

後ろから誰かに強く肩を摑まれ、引き寄せられたのは、そのときだった。

「あ……！」

振り向いて、思わず撫菜は声をあげてしまった。氷瑞だった。

嬉しくなって自然に微笑し、けれど彼の表情がひどく硬いことに気づく。

「この男は？」

地の底から響くような低い声で、氷瑞は聞いてきた。そのときになって、まずいところに来られたのだろうかと、ようやく撫菜は思い至った。

「あの……」

「何、こいつも客？」

角田が会話に割って入ってくる。氷瑞はきつく眉を寄せた。

「客？　……水茶屋の？」

「あ……う、うん」

撫菜の答えを、角田は絶対変だと思ったはずだった。けれど遊び人であるだけに何かを察してくれたのか、それとも面倒《めんどう》を避《さ》けたのだろうか。彼は、じゃ、急いでるからと言って立ち去ってくれた。

氷瑞は冷たい目で、撫菜を見下ろす。撫菜はびくりと後《あと》ずさりそうになった。この頃は氷瑞はずっと優しかったから、こんな気持ちになるのはひどくひさしぶりのことだった。

彼がとても怒っているのがわかった。けれどその理由はよくわからなかった。

角田が撫菜の客だとばれたのだろうか。

(でも……はっきり口にはしなかったし……)

撫菜が色子だと氷瑞は知らないのだから、それはないと思いたかった。立ち話をしていただけで、馴《な》れ馴れしい態度をとった覚えもなかったし、会話さえ聞かれていなければ大丈夫のはずだった。

「あの……」

まだ少し怯えながら、撫菜は氷瑞の袖を引いた。

「行こ?」

讃岐屋へ連れていこうとする。けれど彼は撫菜の手を振り払い、踵を返した。

「えっ……?」

撫菜は途惑った。ここまで来ておいて、うどんも食べずに帰ってしまうつもりなのだろうか？

「待っ……」

思わず追いかける。足早に大門のほうへ向かう男の許《もと》へ走り、ぶつかるように腕を摑んだ。

「待てよ……！　なんで帰るんだよっ」

「気が乗らない」

明らかに不機嫌《ふきげん》な声で答えられ、けれど撫菜にはその理由がわからない。

「で、でもまだうどん食べてないだろ？」

「飽きた」

「！」

素っ気ない言葉に、撫菜は自分自身が飽きたと言われたかのような気持ちになった。

(違うって……うどんに飽きたって言っただけだって)

吉原へ来るたびに同じ店で同じうどんを食べていれば、飽きもするだろう。ましてや、この頃は氷瑞は、週に三度も姿を見せることがあるのに。

「じゃあ、他の店は？　他にも美味しいとこ知ってるよ」

「腹は減ってない」

「じゃ、じゃあ、お茶でも」

「一人で行けばいいだろう」

更に冷たく言われ、撫菜は息を呑んだ。

急にどうしてしまったのかと思う。今までこんなことはなかった。愛想はなかったけれど、撫菜と昼を過ごすことを嫌がってはいなかったと思うのだ。それなのに。

(俺とはもう一緒に食べたくないってこと?)

そう聞きたくて聞けず、涙が出そうになる。

(俺のこと、嫌いになった? ……そりゃ最初から好かれてるとは思ってないけど……でも)

この頃は少しは心を許してくれてるような気がしていたのに。

(なのに、急にどうして?)

どうしたらまた少しでも好きになってもらえるのだろう。

そのとき撫菜が思い出したのは、鷹村に言われた「紫乃多」のことだった。

「だ……だったら、どっか二人になれるとこは?」

「……二人になれるところ?」

今にもまた歩き出してしまいそうだった氷瑞の足が、ふと止まったような気がした。

あとで思えば、彼は困惑していただけだったのかもしれなかった。けれど撫菜はそこに希望を見いだす。

（やっぱり、この人も男なのかな……？）

これまで身体を交《まじ》えることなく逢瀬をもってきた。それが寂しくもある反面、しなくても会ってもらえる、初めての関係が嬉しかった。

氷瑞が抱いてくれたら、それもきっと凄く嬉しいと思う。なのに何故だか、少し切ない。でも彼を引き留められるのならそれでよかった。

「行こ……！」

「おい、ちょっ……二人になれるところって……」

撫菜は強引に氷瑞の腕を取り、歩き出した。


「おい……ここは」

撫菜は途惑う氷瑞の先に立って、紫乃多の二階へ上がる。

撫菜自身、こういう店へ入るのは初めてだった。

（同じようなことをするところでも、うちの見世と全然違う……）

襖を開けて、室内を見回す。和室なのは同じだが、なんだかずいぶん普通の部屋なのに却《かえ》って驚いた。紅殻塗りの壁も襖もないし、寝床の敷布《しきふ》も真っ白だった。花降楼の撫菜の本部屋よりだいぶ狭いし安っぽいけれども、それが撫菜の育った下町の家を思わせて、少し懐かしくもある。

窓に嵌《はま》った障子《しょうじ》越しに外の光が射していた。

（ああ……そういえば、昼間にするのって初めてかも）

花降楼には昼見世がないし、流連《いつづけ》までしてくれる客も撫菜にはいなかった。

まだ立ち尽くしている氷瑞の手を引っ張って部屋の中へ入れ、襖を閉める。

「座って」

と、彼に告げ、撫菜は前掛けを外し、帯を解《と》こうとした。

けれど氷瑞はその手首を摑んで止める。顔を上げれば、撫菜を見下ろした氷瑞の目は、ぞっとするほど冷たいものだった。

「誰にでもこういう真似をするのか」

「え……？」

撫菜は目を見開く。

「さっきのあいつにもしたのか？」

「……え……」

撫菜は反射的に首を振った。答え次第では、今にも氷瑞が帰ってしまいそうな気がした。

「し……しないっ……」

あの男は客だが、連れ込みに誘ったことがあるかという意味ならその答えは嘘にはならない。

できるだけ、氷瑞に嘘をつきたくなかった。彼につく嘘を、少しでも少なくしたかった。

けれど撫菜は自分の正体を口にするわけにはいかないのだ。

「あれは誰だ」

「……」

「水茶屋の客とか言ってたな。本当か」

真実を言えば、何故嘘をついたのか、本当は何なのかと聞かれてしまう。

撫菜は頷くしかなかった。

「ただの客に、あんなにべたべたするのか、おまえは」

「そんな……してないよ」

撫菜は首を振った。実際、立ち話をしただけで、べたべたした覚えなどはなかった。

「汗を拭いてやったり、笑ったりしていた」

「そ……それくらいで……!?」

思わず叫べば、きつく睨《ね》めつけられる。

それくらいのこと、客でなくたってする。接吻《せっぷん》したり、抱擁《ほうよう》したりしたわけじゃないのだ。

なのに、いったいあれのどこがそれほど氷瑞の気に障《さわ》ったのかと思う。

困惑する撫菜がふと思い出したのは、鷹村の小言《こごと》だった。

――あなたは誰に対しても親しく振る舞いすぎます。傾城として、もっときちんと一線を引かないと
ああいうことを、氷瑞も言っているのだろうか？　客――男に対して馴れ馴れしすぎると？

けれど氷瑞はどうしてそんなことが嫌なのだろう？

「なんか……変だよ」

「変？」

もしかして、と撫菜は思う。我が身で経験はなくても、長く廓に暮らしていればひっきりなく見聞きすることだった。もしそうだったら。

(そうだったら嬉しいけど――でも)

「あの……まるで妬《や》いてるみたいっていうか……」

撫菜が口にした瞬間、氷瑞は大きな声を出した。

「誰が……!!」

その反応に撫菜は目をまるくする。

「まるで娼婦だと言ってるだけだ……！」

その言葉は、撫菜の胸に突き刺さってきた。彼がそういう存在を嫌っているのを知っているからだ。

（嫉妬《しっと》してくれるどころの話じゃなかったのか……）

締めつけられるように息が苦しくなる。実際に娼妓である以上、言われても仕方のない科白ではあるのだけれども。

「あの、……」

恐る恐る、けれどどうしても聞きたい衝動《しょうどう》に駆られて、撫菜は唇を開いた。

「……娼婦とか、……嫌いなのか？」

「ああ」

「どうして……？」

「どうして？」

また怖い目で撫菜を見下ろしてくる。

「当たり前だろう？　誰にでも愛していると嘘をつき、誰にでも抱かれて、身体を金に換えるような奴は最低だからだ」

「でも……っ」

「そういうのを、まことがないと言うんだよ」

心からの蔑《さげす》みを込めた科白だった。撫菜はその言葉に、胸を抉《えぐ》られるような衝撃を受けた。痛くて涙が零れそうになる。

「ま……まことはあるよ……!!」

思わず言い返し、と思うよ、と慌ててつけくわえる。それが氷瑞をよけいに怒らせるかもしれないとか、身許を疑われるかもしれないとか、考える余裕もなかった。言わずにはいられなかった。

色子の身でも、恋に苦しむ同朋《どうほう》を何人も見てきた。あの思いが嘘だとは思えない。それに、撫菜自身だって――

「娼妓だって、人を好きになったりするよ。手管もあるけど、それだけじゃなくて……」

「庇う気か?」

睨めつけられ、怯《ひる》みながら、撫菜は一生懸命伝えようとした。

「だ……だって……っ、娼妓だって普通の人だって、人を好きになる気持ちは一緒だよ……!　俺だって」

昼から心が零れる。

「氷瑞さんのことが好きだから……!」

口に出した途端、その言葉は撫菜自身の胸にもすとんと落ちてきた気がした。ずっと身体の中にあった気持ちの名前が、今わかった。

「……好き……？」

氷瑞が鸚鵡《おうむ》返しに問い返してくる。ひどく驚いた顔で撫菜を見下ろしていた。

こんな思いをぶつけられるのは、氷瑞は嫌かもしれない。告げてしまえば何かが変わる。それが怖いのに、止まらなかった。本当の撫菜の気持ちだからだ。

「ずっと氷瑞さんだけが好きだったんだ。だから帰らないで……！」

「……撫菜」

途惑ったように、氷瑞が名を呼ぶ。

「帰ったらやだ……俺とするのが嫌だったら、しなくてもいいから。もう二度と誘ったりしない、……だけどこのまま別れたら……」

きっともう会えなくなる。氷瑞は来てくれなくなる。そうしたら彼の気まぐれだけにかかっているこの儚《はかな》い繋がりは、簡単に切れてしまうのだ。

「俺が悪かったら謝るから……!!」

撫菜は必死で言い募《つの》った。その途端、涙が零れた。

「ちょっ……泣くなよ……！」

氷瑞の狼狽した声が降ってくる。慌てて袂で拭ったけれども、あとからあとから溢れて止まらなくなった。

「泣くなっていってるだろ……！」

「ご……ごめんなさ……」

撫菜は氷瑞の胸に頭を埋め、しゃくりあげながらも泣き顔を隠そうとした。何とか泣きやまなければと思うのに、自分でもどうにもならなかった。これで最後になるかもしれないと思ったら。

まったく……と、困ったように氷瑞は言った。その声は不思議と優しくて、撫菜は思わず顔をあげようとした。

一瞬早く、彼が撫菜の背中に回した腕に力を込めてきた。

氷瑞にぎゅっと抱き締められるのは、初めてのことだった。彼の体温と、意外としっかりした胸の感触に、心臓が爆発しそうになる。

「悪かった。ひどいことを言って」

「氷瑞さん……？」

「……おまえが言ったことは、当たってるかもしれない」

と、彼は言った。撫菜は顔をあげようとしたけれども、氷瑞に抱かれたままで上手くできなかった。彼の表情も見えない。

「妬いてるみたいだって言っただろう？」

「あ……」

たしかに言ったけど。

（それが当たってる……？）

撫菜の鼓動は更に高くなる。

「……俺があの店に行くと、おまえはいつも凄く嬉しそうな顔をしてくれた。あんなふうに俺の顔を見て誰かが喜んで、一緒に昼飯を食べながら嬉しそうに喋って……そういうのは、俺は今まで経験したことがなかった」

そんな他愛もないことを、氷瑞は喜んでくれていたのだろうか。

自分のしたことで、彼が少しでも癒《いや》されていたのなら嬉しい。でもそれは多分、彼が孤独だからだ。

「氷瑞さん……もしかして、お昼御飯……、一人で食べてるの？」

撫菜が思いつくままにした問いかけを、氷瑞は否定しなかった。

「……いつもじゃない。仕事で人に会うことも多いし……だけど、おまえと食べるキツネうどんが、何故だか一番美味いな」

「じゃあ……じゃあ俺、これからも毎日あの店で待ってる……！」

撫菜は必死に顔を上げて言った。

微かに、氷瑞が笑った。ほんの一瞬だったけれど、撫菜はとても嬉しくなった。彼の笑顔を見るのは、見間違いかと思うほどのものを入れても、まだ二度目だった。

「……おまえが、他の奴とも同じことをするのがいやだ」

「し……しない……！　だったらしないから」

口を吐いて出たその言葉は、嘘になるのだろうか。

仕事だから、お客には抱かれなければならない。でもきっと誰が来ても氷瑞に会えたときみたいに喜んだりしない。一緒にお昼にキツネうどんを食べたりもしないから。

撫菜は、きちんと操《みさお》を立てることができないのが悲しかった。まことがないわけではないつもりなのに、どこにあるのか自分でも証明することができない。

氷瑞が撫菜の頭を撫でてくれる。

「思わず撫でたくなるくらい、可愛い花……か」

「え……？」

「最初はちょっと手を上げただけでびくびくしてたのに、この頃は怯《おび》えなくなったな」

「氷瑞さんが慣らしてくれたんだよ。氷瑞さんが何度も撫でてくれたから……」

きっと殴られた回数よりたくさん撫でてくれたから、怖かったことを全部忘れることができたのだと思う。

氷瑞はもう一度、撫菜の頭を撫でた。

「前に、『撫菜』という名前には別の意味があると言っただろ？　今のがその意味だよ」

――思わず撫でたくなるくらい可愛い花だから、撫菜

「……それが撫菜の意味……？」

「ああ」

「……そうだったんだ……」

（思わず撫でたくなるくらい可愛い……）

何度も繰り返し心に呟く。

撫菜の中で、ぺんぺん草でしかなかった自分の名前が、初めてとても愛《いと》おしいものに思えてきた。――しかも、

「氷瑞さん……あのとき名前、俺に似合うって言ってくれたよね」

「ああ」

そして少し照れたように、こんな気持ちは初めてだ、と氷瑞は言った。

「俺も、おまえが好きなのかもしれない」

「え……」

驚いて顔をあげれば、彼の唇が下りてきた。

触れあった瞬間、胸が痛いくらい大きな音を立てた。

着物をはだけられ、肌を撫でられると、撫菜はぴくぴくと震えずにはいられなかった。

氷瑞に触ってもらえて嬉しい。手が、指が身体の上をすべるたび、なんだか泣きたいような気持ちになった。

好きだ、と言ってもらってから身体を重ねるのは初めてだった。たとえ「かもしれない」つきだったとしても。

——こういうことは初めてか

と、氷瑞に聞かれ、撫菜はぎゅっと目を閉じて頷いた。また本当のことを言えなかった。

——なるべく辛《つら》くないようにするから

という言葉のとおり、氷瑞は優しくしてくれた。身体中を撫でまわされながら、「撫菜」という名前の意味を思い出す。

(撫でたいくらい可愛いって)

「あ……」

全身がずっとぞくぞくし続けて、気持ちよすぎておかしくなりそうだった。

「あっ……」

胸の突起を舐められ、小さく声を漏らす。歯で挟まれ、小さな粒にざらりとした舌を何度も押しつけられて、撫菜の身体はがくがくと揺れる。何も施《ほどこ》されていない方まで痛いくらい硬くなっていた。

「ああ——あ……ッ……」

氷瑞がもう片方の乳首に唇を移してくる。尖《とが》りきったそれを甘噛《あまが》みされただけで、撫菜は達してしまいそうになる。

氷瑞はそこを苛《いじ》めながら、下へ手を伸ばしてきた。

「あぁぁ……っ」

握られて、撫菜は高く声を放った。

「もう濡れてきてる」

直接には触れられてさえいなかったところの反応を指摘され、かあっと全身が熱くなった。淫《みだ》らだと言われたようで、ひどく恥ずかしかった。

氷瑞はそこを緩く擦《こす》ってくる。

「あぁ、あ、だめ……っ……」

「どうして」

「……い……いっちゃいそ、……だからっ」

促《うなが》され、答えると、身体がかっと熱くなった。

「もう？」

「ごめんなさ……っ」

「達《い》けばいい」

と、氷瑞は優しく言う。撫菜は喘《あえ》ぎながら首を振った。先に達してはいけないという意識は、色子として刷《す》り込まれたものだった。氷瑞は客ではないけれども――それでも。

「あ……氷瑞さ……も、気持ちよくなって……っ」

挿《い》れられるのか、と氷瑞は聞いてきた。

「え、あ……」

撫菜が頷くと、膝を摑まれ、両脚を大きく開かれた。

「あ……っ」

「どこに」

すべてを暴《あば》かれる。氷瑞に見つめられ、ますます羞恥《しゅうち》でいたたまれない気持ちになる。

(でも、ちゃんと言わないと……)

撫菜はそろそろと脚のあいだに手を伸ばす。そして人差し指と中指とで、そこを広げてみせた。

「あの……こ……ここに……」

慣れていると思われたくなくて、多分、と付け加える。

「詳《くわ》しいな」

「……こういうとこで育ったからだよ……」

耳年増《みみどしま》なのだと言い訳する。

氷瑞はじっとそこを注視していた。

「小さいな」

「そ……そんなに見たら……」

「でもひくひくしてる」

「やっ……」

恥ずかしくて、おかしくなると思う。けれど氷瑞は視線を外さない。そのことを意識すると、身体の奥がたまらなく疼いた。前のほうも、腹につきそうなくらい硬くなって、雫《しずく》を零してしまう。

「……入れても、壊れないか……？」

「う、うん……」

指先でさわられ、撫菜はぴくりと反応してしまった。

「……っ……大丈夫だよ。ちゃんと濡らせば……」

「濡らす？」

こういうところには、たいてい使えるものが置いてあるはずだった。でも、疑われそうで、口にできない。

撫菜が躊躇しているうちに、氷瑞がそこへ顔を近づけてきた。

「ひ……っ」

舌の触れる感触に、思わず声が漏れた。

「嘘……っあ」

窄《すぼ》まった襞《ひだ》をたどるように入り口を舐められる。男とするのは初めてだと思うのに、よく平気でそんなところに口をつけられると思う。

「う……うっ……」

ぴちゃぴちゃと音を立てながら、尖らせた舌先で中心をつつかれる。慣れた蕾《つぼみ》が綻《ほころ》びはじめるまで、いくらもかからなかった。撫菜はできるだけ堪《こら》えようとするけれども、ひくひくと物欲しげに開閉してしまうのを、どうすることもできない。

「中も?」

「中……もっ」

答えると、舌がぐっと窄まりの中へ突き立てられてきた。

「あぁぁ……!」

撫菜は背を撓《しな》らせる。先端が雫を零しているのがわかる。唾液《だえき》を送り込まれ、たまらなくぞくぞくした。続いて指が挿入《そうにゅう》されてきた。

「あ……っ」

「……痛いか?」

「っ……大丈夫……っああっ」

氷瑞の指が、ゆっくりと撫菜の中を探っていく。少しずつ広げられ、指を二本にされて、

撫菜はひっきりなく喘ぎ続けた。

「……男でも、中で感じるんだな」

感心したように氷瑞は言う。狭い孔《あな》を楽しむように、何度も苛め続ける。

「あ、あ、あ……っ、も、いい、から……っ」

このまま弄《いじ》られ続けたら、本当に挿入される前に達してしまう。そんなのはいけないと思うのに。

「だめ、だめ……だめ、ああっ……！」

氷瑞は撫菜の中を掻きまわすのをやめない。その指が、一番感じるところを強く擦った。

「あ、や、そこは……っあああっ——」

堪えきれず、撫菜はついに達していた。

「あ、あ……っ」

余韻《よいん》に涙が滲《にじ》んだ。

氷瑞の視界の下で白濁《はくだく》を吐き出してしまうのが、ひどく恥ずかしい。けれどその羞恥にさえ感じた。

「あ……待っ……」

待って、と撫菜は言おうとしたが、氷瑞は撫菜が達したあとも中を弄るのをやめなかった。

「ここがいい……？」

「ああ……やあ、……っまた……」

撫菜が激しく感じてしまったところを、たしかめるように探ってくる。達して敏感になった身体は、ひとたまりもなくすぐに煽《あお》られてしまう。撫菜はびくんびくんと何度も腰を震わせた。

またいく、と思う頃になるまで、氷瑞は指を抜いてはくれなかった。

「あっ――」

引き抜かれる感触にさえ感じて達しそうになる。ようやくそれをやり過ごし、たまらずにぎゅっと閉じていた目を開ければ、撫菜の吐き出したもので自らの屹立《きつりつ》を濡らす氷瑞の姿があった。そのあまりに淫らな情景に、撫菜は思わずまた目を逸《そ》らした。

氷瑞は再び撫菜の脚を抱え上げ、自身をあてがってくる。

（あ……）

撫菜はその熱さに泣きたくなった。こんなになって、求めてくれているのかと思うと。

「あぁぁっ……！」

ぐっと強く突き上げられる。よく濡らされ、慣らされた撫菜の窄まりは、やや性急なそれをゆっくりと受け入れていく。

「……っ……」

「大丈夫か……？」

と、氷瑞は聞いてくる。撫菜は手を伸ばし、氷瑞の頬に手を触れた。

「大丈夫だよ……」

撫菜は再びそう答えた。苦しさを感じないわけではなかったけれど、それよりも彼と繋がれた悦《よろこ》びのほうが、ずっと大きい。

「……好きなように突いていいよ。大丈夫だから」

氷瑞の背中に腕を回す。彼の重みが心地よかった。

「……大好き」

「撫菜……」

彼は撫菜を抱き竦め、腰を突き動かしはじめた。

「あぁ……っ、あっ……あ……！」

軽く揺すり上げられただけで、背筋を快感が貫《つらぬ》いてくる。なるべく慣れていないふりをしようと思うけれども、感じてしまうのはどうしようもなかった。

氷瑞は先端で中を探るように動く。そして撫菜が強く反応するところを見つけ出した。

「あ……ああっ……そ……っ」

「さっきのところはここ、か」

「ッうっ……」

先刻《せんこく》指で達かされたときのことを持ち出され、真っ赤になりながらも撫菜が頷くと、氷瑞はそこを狙《ねら》って強く突きはじめた。

「ああ……ああっ、あ……ひっ」

辛いくらい気持ちがよかった。

次第に動きが速くなり、追い上げられていく。撫菜は氷瑞の背に爪を立ててしまいそうになり、慌てて両手を握り締めた。

「あ……あ、あ……！」

（あ、だめ……！）

また先に達ってしまう、と思う。けれど我慢することができなかった。深く入り込む氷瑞の分身をきつく食い締め、撫菜は背を撓らせる。

「あぁぁ……っ！」

その瞬間、撫菜の中で氷瑞もまた達したのを感じた。強く注がれる感触に、何故だか涙が溢れる。

氷瑞が身体の上で息をつき、覆《おお》い被《かぶ》さってきた。

撫菜はその背中を抱き締めた。

「……気持ちよかった……？」

「ああ」

「よかった……」

(俺で気持ちよくなってくれたんだ)

氷瑞の役に立てて、撫菜はとても嬉しかった。

彼の唇が下りてきて、撫菜のそれを捉《とら》えた。宥《なだ》めるように何度も啄《ついば》んでくる。

撫菜が応えると、口づけは次第に深く、激しいものになっていった。


抱き締めあって何度も達して、氷瑞のことも受け止めて、ようやく落ち着いたのは陽《ひ》が翳《かげ》りはじめてからのことだった。

撫菜は氷瑞の腕に抱かれて、うっとりと目を閉じている。

そろそろ見世に戻らなければと思うが、それも何か遠い世界のことのようで、動く気になれなかった。——氷瑞の腕が心地よすぎて。

抱かれる前はいろんな思いが渦巻《うずま》いて、そうなることを望みながらも、躊躇《ためら》いもまた感じずにはいられなかった。でも、実際に一緒に寝てしまったら、残ったのは幸福感だけだった。

(本当に好きな人に抱かれるのって、こんなに嬉しいんだ……)

客たちに抱かれるのも嫌だと思ったことはなかったけれど、何もかもがまるで違うと思った。しているあいだも、終わってからも。

満たされた思いにたゆたううちに、撫菜はいつのまにか眠り込んでいたようだった。

夢うつつに敷布に手をすべらせて男を捜す。そして何も触れないことに気づいて、はっと目を覚ました。

身体に辛《かろ》うじて纏《まと》わりついていた着物を掻き合わせ、起きあがる。褥にまで解《ほど》けた髪が零れる。

そして氷瑞の姿を見つけてほっとした。

（よかった……夢じゃなかったんだ）

氷瑞は褥のすぐ傍に座り、絵を描いていた。

撫菜が起きたことに気づいたのだろう。彼は画帳に走らせていた鉛筆を止め、顔をあげた。

視線が合って、そのまま座り込んでいた撫菜は、ふいに顔が赤らむのを感じる。なんだか彼の顔を見るのが気恥ずかしい。そんな思いも、初めて感じるものだった。

「起きたのか」

「う、うん……」

つい赤くなって目を伏せてしまう。

そんな撫菜の前に、氷瑞は画帳を差し出してきた。

「あ……！」

見た途端、小さく感嘆《かんたん》の声が漏れた。

描かれていたのは、褥に横たわる撫菜自身の寝姿だった。

着物がはだけ、肩も脚も露《あら》わになった身体に髪が纏わりつく。春画《しゅんが》のような艶《つや》めいたようすだが、それでもどこか清潔感があった。正直とても美しかった。

（こんなふうに描いてくれるなんて）

氷瑞の目に、自分がこんなふうに映っているのかと思うとたまらなく嬉しい。

（あ……でも）

「人物は描かないって言ってたのに、どうして？」

「……別に、描きたくなったから描いただけだ」

撫菜の問いに、氷瑞はばつの悪そうな顔で答える。

「そうなんだ……」

自分を見て、気まぐれでも描きたい気持ちになってくれたのなら、こんな嬉しいことはないと思う。

「ありがとう。凄く綺麗」

そう口にした途端、なんだかじわりと涙が浮かんで、慌てて拭《ぬぐ》った。そしてごまかすように、へへ、と笑う。

氷瑞はそっと頭を撫でてくれた。

そして画帳を撫菜の手から取り戻す。

「でも、これはやらないけどな」

「え？」

「俺の」

そう言って、氷瑞は笑った。

撫菜はその表情に、と胸を衝《つ》かれたような気がした。今までで一番明るい笑顔だと思った。

（氷瑞さん、笑ってる。こんな顔ができるんだ）

心臓がとくとくと高鳴って、苦しいくらいだった。撫菜は思わず着物の胸のあたりをぎゅっと握り締めていた。

「今度、もっとちゃんとしたの描いてやるよ。だから……」

と、氷瑞は言った。

「家に来ないか」

「えっ……」

思い掛けない誘いに、撫菜はまたひどく驚いた。

（誘ってくれるのは凄く嬉しい……けど）

色子が大門を出ることは、本来滅多に許されることではない。先日の花火の日などは本当に特別で、一生に一回あるかどうかの機会だったのだ。また出ることができるのかどうか。

（でも、そもそも氷瑞さんと寝るように言ったのは楼主なんだし……話したら手形を出してくれるかも）

楼主の意図はわからないだけに気にかかるけれど、もし外に出て、氷瑞の家に行けるものなら行きたかった。

撫菜はじっと氷瑞の瞳を見つめた。

（行ってみたい）

氷瑞の家へ行って、彼がいつもどんなところで暮らしているのか見てみたい。そして自分のことを描いてもらえたら。

「……行ってみたい」

心がそのまま声に出ていた。

「じゃあ、決まりだ」

はっきり「行く」とは言えなかった撫菜の言葉を、氷瑞はすっかり了解したものと受け取ったようだった。手帳を取り出し、彼は自分の都合を確認する。

「三日後に、またあの店で」

そう言われて、撫菜は一抹の不安を覚えながらも、こくりと頷いた。


大門で氷瑞と別れてしまうと、つい先刻までの出来事が、なんだか夢のように思えた。

彼に抱かれたことが信じられないほどだったが、身体に残る懈《だる》さはたしかにそのことを示していた。

どこかふわふわした気持ちのままで花降楼へと戻った撫菜は、けれどすぐに楼主の部屋へ呼び出され、現実に引き戻されることになったのだ。

楼主はいつものように微笑を浮かべていたが、どこか恐ろしかった。

(でも……撫菜って名前をつけてくれた人なんだから、本当はそんなに怖い人じゃないんだよね?)

と、撫菜は思う。氷瑞に誘われたことを話して、手形を出してくれるようにお願いしてみよう、と。

だが、楼主に最初の言葉をかけられた瞬間、お願いの科白は出てこなくなった。

「私の弟の味はどうだったかな?」

と。

氷瑞に抱かれたことを、もう知られてしまっていることに撫菜は驚いた。そしてそれ以上に衝撃だったのは、弟という単語だった。縁の者とは聞いていたが、それほど近い関係だったのだろうか。

「そんな姿で帰ってくればわかるよ。これでも廓の主だからね」

撫菜の表情を読んだように楼主は言った。

姿と言っても、着物もきちんと着付け直し、髪も梳《と》かして整えてきたつもりだった。いったいどこが違うというのだろう。

紫乃多から話が行っていたのではないかと思いながら、けれど氷瑞に抱かれた自分が、いつもと明らかに違う何かを振りまいているとしても不思議はない気がした。

「あ……あの、弟って……」

「母親が違うし、ずいぶん歳が離れているけれどね」

そう口にするあいだもずっと、楼主の顔には笑みが浮かんでいる。

(やっぱり、あんまり似てない)

と、撫菜は思う。氷瑞はこんなににこにこしていない。彼の笑顔は滅多に見られないけれど、とても綺麗で貴重《きちょう》なものだ。こんなふうに、どこか得体《えたい》の知れない怖さは感じない。

「私たちの父はある特別な家柄に生まれたが、最初の妻が亡くなったあと、私の母を側室《そくしつ》にしてとても寵愛《ちょうあい》していてね。親族の強い勧めで娶《めと》った同じ血筋の正室《せいしつ》を愛さなかった。跡取《あとと》りをつくるために結婚したようなものだったが、妻が子供を生むと、義務を果たしたとばかりにますます見向きもしなくなったんだ。……あの子によく似た、とても美しい人だったが」

正室、側室という呼びかたに違和感を覚えた。特別な家柄というのは、どれほどのやんごとない身分のことを指《さ》すのだろうか。楼主の出自《しゅつじ》について、ちらりと噂に聞いたことがある気はするのだけれど。

氷瑞の母は激しく傷つき、嫉妬に苦しみながら、楼主の母と楼主とをひどく憎むようになったのだという。

「気位《きぐらい》の高い女だったから、嫉妬しているとは決して認めようとはしなかったが……」

そのかわりに、徹底的に蔑むようになった。楼主の母親が、もと娼婦だったからだ。

——身を売るような女は最低です。ああいう女には本当のことなど何もないのです。おまえだって本当に御前《ごぜん》の子供かどうかわかったものじゃない。この家の跡取りはこの私の生む息子だけです……！

「まったく、汚《けが》らわしいと何度言われたか……数えておけばよかったな」

と、楼主は笑う。

側室の子と正室という間柄《あいだがら》で、そんなにも会う機会があったのかと撫菜は少し不思議に思うけれども。

「そしてあの子もそれを裏返しに聞いて育ったわけだ」

「……」

幼い頃からそんな母親を身近に見、呪詛を聞かされ続けて育った氷瑞もまた、娼婦を憎むようになったのは当然だっただろう。母親を愛していればいるほど、許せなかったに違いない。

「……なのに、どうしてあの人に俺を……？」

「あの子が可愛いから、ちょっと遊んであげようと思ってね」

「遊ぶ……？」

「春を売る商売を蔑んでいるはずのあの子が、色子を……しかも私の見世の妓《こ》を愛したら、どうなるか……非常に興味深い実験だと思うんだよ」

楼主は楽しげに言った。

「真実を知ったら、あの子はどうするだろうね？　おまえを捨てるか、それでも愛を貫こうとするか……おまえはどっちだと思う？」

「……っ」

撫菜は答えることができなかった。身体中が冷たくなるような恐ろしさを感じた。氷瑞が、撫菜が色子、しかも花降楼の色子だと知ってしまったら。

彼はどんなに衝撃を受けるだろう。きっと撫菜に裏切られたと思うに違いなかった。

凍《こお》りついて答えられなくなる撫菜に、楼主は続けた。

「しかもこの件は、使いようによっては醜聞《しゅうぶん》にもなる。……あの子の仕事のことをおまえは聞いているかな？」

「……お父さんの事業を継《つ》いでいると……」

「それも本当だが、あの子は他にも財団や慈善団体の役員などの名誉職的なものにいくつも就《つ》いているんだよ。色子とつきあってるなんてことになれば、そういう立場の者にとっては醜聞になる。つまり、それを振り翳《かざ》せば、あの子は私の思いのままというわけだ」

撫菜はぞっとした。

なんという実験――否《いな》、これは実験などではない。復讐《ふくしゅう》なのだ。昔、氷瑞の母親に罵《ば》倒《とう》され続けた楼主が、撫菜を使って氷瑞をいたぶろうとしているのだ。

「やめてください、そんな恐ろしいこと……！」

撫菜は必死で訴えた。

「氷瑞さんは悪くないのに……！　お願いしま……あっ」

足許《あしもと》へ縋ろうとして、軽く振り払われる。

「私はあの子と遊びたいんだ。あの子にとっても、楽しい遊びになると思うよ？」

「……」

呆然と撫菜は楼主の笑顔を見上げる。

「もっと溺《おぼ》れさせてやりなさい。そのあとですべてを暴露《ばくろ》する日々を私は楽しみにしていよう」

そう言って、楼主は高く笑う。

恐ろしさに震えながら、撫菜は楼主の部屋を辞去《じきょ》した。手形のことを願い出ることなど、とてもできなかった。

(どうしよう)

どうしたら氷瑞を守ることができるのか、撫菜にはわからなかった。

自分の本部屋に逃げ込み、背中で襖を閉ざす。

そしてそのまま立ち尽くした。

【5】


氷瑞が讃岐屋に着いたとき、撫菜はまだ店に来てはいなかった。

（めずらしいな）

少し早すぎたか……と呟きながら、店内を見回す。そういえば、これまではいつも撫菜のほうが先に来て、自分を待っていてくれたのだということに思い至る。

（まあ、こういうこともあるか……）

氷瑞は入り口の見える席に腰を下ろした。

撫菜は息を切らして駆け込んでくるだろうか。自分を見つけて微笑《わら》うだろうか。そんな姿を見られるのなら、早く来るのも悪くないと思う。

こんなに浮かれた気持ちで人を待つのは、初めてかもしれなかった。

撫菜と出会ってから初めて経験したことが、いくつもある気がする。

うどんを食べたら、撫菜を家に連れていく。アトリエで撫菜を描いて、夕食は贅《ぜい》を尽くしたうえに、見た目にも綺麗なものをと家の料理人に申しつけてあった。二人で小間物屋を覗いたときの反応などからすれば、撫菜はけっこう綺麗なものが好きなようだからだ。

撫菜はどんな顔をするだろうか？

けれど撫菜は、氷瑞がいくら待っても駆け込んでは来なかった。

先に注文したキツネうどんもすっかり食べ終わり、追加で頼んだいなり寿司まで平《たい》らげてしまう。しかも、いつになく不味《まず》かった。今までずっと、たいした店構えでもないのにとても美味しいと思っていたのはどうしてなのだろう。

氷瑞は時計を何度も見上げてはいつもならとうに来ている頃なのにと思い、誰かが店に入ってくるたびに顔をあげては失望した。

（何かあったのか……？）

次第に心配になってくる。撫菜が来ないなんてことは、今まで一度もなかったのだ。それに今日は初めてここで会うことを具体的に約束していた日のはずだったし、会ってから氷瑞の家に連れていく予定にもなっていた。来ないなんてはずはないのに。

（日付を間違えているとか……）

まさかと思いつつ、撫菜ならありえないこともない気がする。そういうところが可愛くもあるのだけれど。

（それとも、急に来られない事情ができた……？　たとえば病気で寝込んでるとか、それとも事故にでも遭って……）

そう思った途端、事故に纏《まつ》わる嫌な記憶が脳裏《のうり》に蘇《よみがえ》りかけ、氷瑞は慌てて振り払った。

仕事が忙しくてなかなか抜けられないだけならいいがと思い、そういえば撫菜はどこの水茶屋で働いているのだろう、と思う。そしてどこに住んでいるのか。住み込みで働いているのか、吉原の外から通っているのだろうか。

そんなことさえ知らない自分に、氷瑞はようやく気づいた。

（あいつのことを、俺は何も知らないのか）

撫菜が美味しそうにうどんを食べるのを見るのが面白く、勝手に他愛もないことを囀《さえず》るのが可愛かったから、自分から話題を繋ごうとしたことがなかった。撫菜自身のことを突っ込んで追及してみようとも思わなかった。

（ここへ来れば、いつでも会えると思い込んでいた）

だが本当はそんな保証などどこにもあるわけではなかったのだ。しかも働いている店も、住所も電話も、名字さえ知らないままでは、もし撫菜が病気で寝込んでいたとしても、それを知ることさえできない。撫菜が永遠にここへ来なくなってしまっても、自分から会いに行くこともできない。

そのことに思い至って愕然《がくぜん》とした。

（今日こそ聞こう）

そう思いながら、氷瑞はその日、店が看板になるまで撫菜を待ったが、撫菜は姿を現さないままだった。

本当に日付を間違えたのではないかと一縷《いちる》の望みを持って、次の日もまた次の日も、何度も讃岐屋へ通った。が、やはり同じことだった。

撫菜には会えなかった。

（まさか、このままずっと……？）

そう思ってぞっとした。

何故急に姿を消したのかという心配とは別に、撫菜に会えないこと自体がひどく物足りなかった。途方もなく大きな喪失感があった。世の中のすべてが色褪《いろあ》せてさえ見えた。

本当に重病にかかっていたりするのではないかと案じ、それとも嫌われたのではないかとも思った。

（――まさか）

身体つきは華奢だけれど撫菜は元気だったし、ついこのあいだはあんなにも大人しく腕に抱かれ、絵を描いてやれば喜んでいたのだ。心変わりなどないはずだと思う。

氷瑞は撫菜を探して吉原中の水茶屋を当たった。けれどどんなに捜しても、それらしい子が働いている、またはいたという店を見つけることはできなかった。そもそも狭い吉原に、水茶屋の数はさほど多くはないのに。

（どういうことなんだ？）

撫菜は嘘をついていたのだろうか。実際には、このあたりの水茶屋でなど働いてはいないのに、働いていると偽った——何故？

収穫のないまま、最後の水茶屋をあとにする。響きはじめた見世清搔《すがか》きの音に苛立《いらだ》ちながら、手がかりに描いた撫菜の絵姿をただ見つめ、どうしたら見つけられるだろうと思う。

それでも、捜すのをやめる気にはなれない。もしかして二度と会えなかったらと思うとたまらなかった。

(どこに消えたんだ)

絵姿の撫菜は愛らしく、少し寂しげに見つめ返してくるばかりだ。

氷瑞は深くため息をつき、絵から顔をあげた。

見覚えのある男が通りの向こう側を歩いているのを見つけたのは、そのときだった。

(あいつは……！)

いつだったか、讃岐屋の前で撫菜とじゃれていた男だ。その事業家ともやくざとも言い難《がた》い悪役顔を見間違うはずもなかった。

氷瑞は行き過ぎようとする男を追いかけ、追いついて、後ろから肩を摑んだ。

「おまえ……！」

「ああ？」

不審そうに眉をあげ、男は振り向いた。

＊

あれからずっと、客の相手をしていても他の何をしていても、考えるのは氷瑞のことばかりだった。

(やっぱり行けばよかったかも)

その思いが頭を離れない。

——じゃあ俺、これからも毎日あの店で待ってる……!

約束したのに、誓《ちか》った先から破ってしまった。

氷瑞はあの日、あの店で待っていてくれただろうか。撫菜が来なかったとき、裏切られたと思っただろうか。

氷瑞を傷つけたままもう二度と会えないのかと思ったら、胸が潰《つぶ》れそうだった。

(でも……どうせ会い続けたら、色子だってことを一生隠し続けるのは無理だったんだから)

傷は浅いほうがいいのだ。

氷瑞は、撫菜のことを好きなのかもしれないと言ってくれたけど、好きだとは言わなかった。今ならきっと氷瑞の傷は浅い。撫菜がこのまま氷瑞と会い続けることは、彼のためにならない。

会わなければ醜聞になることは避《さ》けられるし、もしかしたら氷瑞だって、撫菜の正体を一生知らずに済むかもしれない。

氷瑞の迷惑にならず、氷瑞に知られずに、いい思い出のまま心に残してもらうことができたら。

そんなふうに撫菜は夢を見る。

——もっと溺れさせてやりなさい

という楼主に逆らえば、本当に河岸見世に送られるかもしれない。でも、それでもしかたがないと思えた。

「……どうした？」

怪訝そうに客に覗き込まれ、撫菜ははっとした。

ちょうど大門まで客を送って来たところだったのだ。

「今日はずっと沈んでたな？　なんかあったのか」

「ううん、何も」

撫菜は答え、微笑って首を振った。

「また来てね」

いつもの言葉で客を送り出す。見えなくなるまで見送って、もと来た道を引き返した。まだ宵《よい》の口、今夜の仕事ははじまったばかりだ。そう思うと何故だかひどく気が滅入《めい》る。この頃はずっとそうだった。客の相手が辛い。けれど働かないわけにはいかない。

撫菜は張り見世に戻り、ため息を殺して座った。

そして顔をあげたその瞬間のことだった。撫菜は息が止まるほどの衝撃を受けた。

「ひ……」

（氷瑞さん……!?）

紅殻格子を挟んだ向こうに立ち尽くし、青く燃えるような目で撫菜を見つめる氷瑞の姿を見つけたからだった。

（どうしてこんなところに……!!）

何が起こったのか、よく理解できなかった。

二度と顔を見ることもできないと思いつめていた男の姿に一瞬素直にときめき、すぐにはっとする。

この姿を見られたということは、すべてを知られたということなのだ。あの楼主の見世で身を売る色子だと。

撫菜は反射的に立ち上がり、踵《きびす》を返していた。心臓が恐ろしいほど音を立てていた。仕掛けを掻き合わせ、周囲が騒ぐのもかまわずに張り見世から退いて、階段を駆け上がる。自分の本部屋へ逃げ込み、背中で襖を閉ざそうとする。

その手首を後ろから摑まれ、撫菜は畳《たたみ》に崩れ落ちた。

「氷……瑞さ……」

氷瑞が見世の中へ踏み込み、追ってきたのだった。手をもぎ放そうとしたけれども、彼は放してはくれなかった。

「どういうことなんだ!?」

きつく問いつめられ、撫菜は思わず身を竦めた。頭につけた簪が揺れてしゃらしゃらと音を立てる。

(この人に知られた。きっと嫌われた。蔑まれて、嫌われて)

涙がぼろぼろと零れた。このまま石になって死んでしまいたいと撫菜は思った。

けれど事態は撫菜を石にしておいてはくれなかった。

「——困りますね」

ふいに鷹村の声が降ってきた。

「傾城にお会いになりたいのなら、しかるべき手順を踏んでいただくようにと楼主からのご伝言です」

氷瑞が忌々《いまいま》しげに顔をあげ、鷹村を睨めつけた。

そして撫菜は慌ただしく支度を整えられ、氷瑞との初会《しょかい》へ引きずり出されることになったのだ。

着飾って上座に座りながら、撫菜はうつむいたまま、氷瑞の顔もまともに見られなかった。

彼はどうやってここまでたどり着いたのだろう。そしてどういうつもりで登楼までしたのだろう。撫菜が楼主の差し金《がね》で彼に会っていたことも知ってしまったのだろうか。

何一つわからないまま、針の筵《むしろ》のようだった初会を過ごし、けれどそれだけですべてが終わったわけではなかった。

氷瑞は日にちもあけずに裏を返し、あれよあれよというまに三度目の登楼《とうろう》を果たしてしまった。

彼は、撫菜の馴染《なじ》みとなったのだ。

杯事《さかずきごと》を終え、鷹村が禿を連れて本部屋を去る。

二人きりになって、撫菜は着飾った姿で気まずく氷瑞と向きあっていた。何か喋らなければと思うけれども、言葉が出てこなかった。

先に唇を開いたのは、氷瑞のほうだった。

「色子だったんだな」

撫菜はぐっと詰まり、膝の上で両手を握り締める。

「しかもあいつの見世の」

「……」

「俺に会いに讃岐屋に来てたのも、あいつの差し金だったのか」

違う、と言いたかった。氷瑞に会いたいから毎日毎日あの店に通ったのだ。誰に言われなくてもきっとそうした。

けれど楼主に氷瑞を落とせと言われて話に乗ったことも、最初の段取りをつけてもらったこともまた間違いのない事実なのだ。

撫菜には言えなかった。

「……どこからだ」

低く殺したような声で、氷瑞は言った。

「え……」

「どこからどこまでが、あいつの命令だったんだ？　花火の日に墓で会ったのもあいつが仕組んだことだったのか」

「ち、ちが……」

撫菜は首を振った。

「あれはほんとに偶然……」

「じゃあ讃岐屋で『偶然』会ったのは⁉」

「……」

「偶然じゃなかったんだな」

撫菜は小さく頷いた。

氷瑞は深いため息をつき、頭を抱えた。

「どうしたって不自然だったのに、気づかなかった俺もどうかしてる。……讃岐屋でおまえに会ったのは、あいつに呼ばれてこの見世に来た帰りだったんだからな。偶然なわけがなかったんだ。……そしておまえはそのあとも、あいつに言われるまま俺に会い続けた」

「ちが……言われたからじゃな……」

「目的はなんだ？　俺を弄《もてあそ》ぶことか。騙《だま》されてるのを見てあいつと笑っていたのか。落としたら用済みだったのか？　だから一度寝たらあの店にも来なくなったのか……⁉」

怒鳴りつけられ、撫菜はびくりと身を縮めた。

「好きだと言ったのも嘘だったんだな」

「う……」

頭を伏せたまま、首を振る。嘘じゃない、と言おうとした。本当に氷瑞を好きでたまらないことだけは、信じて欲しかった。

「さ――最初に会ったときから好きだったんだ」

「花火の日に会ったときから？」

再び撫菜は頷いた。

「たったあれだけ一緒にいただけで？」

嘘だと言わんばかりに冷たい科白を投げられ、撫菜はひどく切なくなった。じわりと涙が滲みそうになった。自分の気持ちを否定されたような気がした。

「だって、や――優しくしてくれたし、上着貸してくれて、あったかかった……！　それに、俺のこと若い衆たちから庇ってくれて」

あのときは自分でもよくわからなかった。けれどたまらなく離れがたかったあの気持ちは、恋だったのだと思う。二度と会えるはずもないと思っていたから、気づかないふりをしていただけで。

「住む世界の違う人だって……諦《あきら》めるしかないって思ってたんだ。……そしたら楼主が……」

私とゲームをしてみないか、と言ったのだ。

――おまえの身体で、あの子を落としてみなさい。もしそれができたら……

「あいつの言いそうなことだ」

吐き捨てるように、氷瑞は言った。

「それができたら、あいつはどうすると言ったんだ」

「……借金を棒引きにして、自由にしてやる、って」

はっ、と氷瑞は笑った。

「でも違う……！」

撫菜は必死で言い募る。

「そんなこと絶対無理だって思ったんだ。自由になりたいとも思わなかった。ただ、この話に乗るのなら、氷瑞さんに会える機会をつくってくれるって楼主が言ったから……！」

ただ氷瑞に会いたかったから。

「信じられない」

氷瑞は一蹴《いっしゅう》する。

「あいつに言われて『ゲーム』で俺に抱かれたんだろう？」

「違う……！」

「だからあのあと俺の前から姿を消した」

「違う……!!」

撫菜は激しく首を振り、否定した。

「じゃあどうしてあの日、あの店に来なかった!? あの日だけじゃなくて、次の日もその

たのだとわかる。
その言葉で、氷瑞があの日も、そのあともずっと讃岐屋に来て、撫菜を待ってくれてい
次の日もずっと……！」

撫菜は思わず目を見開いた。瞳に盛り上がった涙が零れ、頬を伝い落ちる。

氷瑞は気まずいような、苦い表情で、撫菜から目を逸らす。

「ごめんなさい……め、迷惑になるって思って……。楼主とあなたの関係がわかって、氷瑞さん、凄く立派な地位のある人で、俺なんかとつきあってるってことになったら、きっとまずい立場に立たされるって」

「だから俺の前から消えたって？　それで二度と会わないつもりだったって――娼婦なんかの言うことが信じられると思うのか……！」

「……っ」

撫菜は身を縮め、息を呑んだ。涙がまた溢れる。

「会う気のなかった男でも、商売なら抱かれるんだろう？」

撫菜は違う、と言おうとしたが、言えなかった。こうして氷瑞が登楼したからには、抱かれるのは撫菜の仕事には違いなかったからだ。

氷瑞は撫菜を乱暴に引き寄せ、紅い褥に押し倒す。

「氷瑞さん……!?」

「それなりに扱ってやる」

低くそう囁いて、氷瑞は撫菜の唇を塞いだ。


小さな行灯《あんどん》一つだけ灯《とも》した紅殻塗りの本部屋は、初めて氷瑞と結ばれた紫乃多の殺風景な部屋とはまるで違って、淫靡《いんび》だった。

腰だけを高く掲《かか》げ、後ろから貫かれる。備え付けの潤滑剤《じゅんかつざい》を使っているとはいえ、ろくに慣らされることもないままの行為は辛かった。

紫乃多のときとはまるで違う。あのときの氷瑞は、痛くないか、大丈夫かと何度も聞いてくれたものだった。

「あ……うっ……」

敷布を握り締めて耐える。けれど感じているのは苦痛ばかりではないのだった。中を擦られ、突き込まれるたび声が漏れた。

「こうして誰にでも抱かせてきたんだろう?」

氷瑞は耳許で低く囁いてくる。

「このあいだ仲の町通りで会っていた男にも」

「う……っ」

否定できるものならしたかった。けれど言えず、撫菜はただ黙って目を閉じている。

撫菜が答えないことで、氷瑞はますます不機嫌になったようだった。前に手を回し、きつく握り込んでくる。

「あ……っ」

「勃《た》ってるじゃないか」

「あ……」

そんなふうに言われて我慢しようと思うのに、感じれば体内の氷瑞を締めつけずにはいられない。

(いやらしいって思われたくないのに)

「ぐっしょり濡れて……」

「ああ……はっ……」

緩く扱《しご》かれると、氷瑞の指摘どおりぐちゅ、と音がした。

「誰にでも、ここをこんなにするんだろう?」

言いながら揉《も》み込まれ、撫菜は身悶《みもだ》えた。後ろから挿入され、前は握られて、快感からの逃げ場はどこにもなかった。

「あ、し……しないっ……、氷瑞さ……だけ……っ」

反応のいい身体だとは言われるけれど、ここまで溶けたようになるのは氷瑞に対してだけだと思う。

「嘘だな。いや、手練手管という奴か」

「や……あああ……！」

氷瑞には信じてもらえず、罰《ばつ》のように強く突かれた。きついのに気持ちよくて、撫菜の先端からはとろとろと雫が零れる。

「あぁ……うっ……」

無意識に腰を揺らし、刺激を求める撫菜の中心から、氷瑞はふいに手を離した。

「え……？」

「後ろだけで達《い》けるんだろう？」

「あ……」

意地悪く聞かれ、撫菜は羞恥でかっと顔が火照《ほて》るのを感じた。

「正直に答えろ」

更に促され、嘘をつくことができずに、撫菜は小さく頷いた。滅多にそうなるわけではないが、ひどく責めたてられたときには達してしまったこともなくはなかったのだ。

そんなことを氷瑞に知られたくはなかったのに。

撫菜の答えは、氷瑞の逆鱗《げきりん》に触れたようだった。彼はまた一気に奥まで突いてくる。

「ああああっ――ああっ、あっ、あっ、――」

滅茶滅茶《めちゃめちゃ》に突き込まれ、壊れるかと思うほどだった。けれど辛くてたまらないのに気持ちがよくて、撫菜はひっきりなく喘《あえ》いでしまう。

「氷瑞さ……氷瑞、あ、あ、あ……っ」

「こんなにひどくしても感じるのか。そんなに慣れてるのか」

そう言われた途端、涙が零れた。

「……っご……ごめんなさ……あっ――」

口からそんな言葉が零れる。

「そんなにここが好きなのか」

「……す……」

(好き、氷瑞さんのことが……)

皆まで言わせず、氷瑞は穿《うが》ってくる。

「あぁ、あぁっ、あっ……!」

突き込まれ、一番深いところで放たれた瞬間、撫菜もまた堪えきれずに達していた。

白濁が敷布を濡らす。奥へ注がれる感触が、恍惚《こうこつ》とするほど心地よかった。

「あ……」

引き抜かれるのと同時に、撫菜はぐったりと崩れ落ちた。

けれどまだ終わりではなかったのだ。

氷瑞は撫菜の身体を表に返し、脚を胸につくほど深く折り曲げたかと思うと、奥深く貫いてくる。

「あああ……！」

達ったばかりの敏感な内壁《ないへき》を抉られ、撫菜は思いきり背を撓らせた。

「……身体、やわらかいな」

氷瑞は感心したように囁いてきた。苦しい姿勢をとらされても感じて、撫菜は氷瑞のものを強く食い締めていた。

「どんな格好が一番悦《い》いんだ？」

「あ……」

(俺は気持ちいいのよりも、ほんとは頭撫でてもらうのがいちばん好き)

でも、もう氷瑞はあんなふうに可愛がってはくれないのだろう。そう思うと、またじわりと涙が滲んでくる。

「……何でもいいよ。氷瑞さんの好きなようにして」

「答えろ。他の奴らには言うんだろう？」

何か苛立った口調で、氷瑞は問いつめてくる。撫菜は半ば朦朧《もうろう》とした頭で考えたけれども、何も思いつかなかった。

「……っな……撫でて」

促すように揺すりあげられ、ようやく答えると、氷瑞は聞き返してきた。

「どこを。――ああ、ここか」

そして合点《がてん》したように言って、中心に手を伸ばしてくる。

「さっきしてやらなかったからな」

「……っあああ……！」

握り込まれ、撫菜は一気に昇りつめてしまう。

「早いな」

撫菜の放ったもので濡れた指を舐めながら、氷瑞は嘲るように言った。

「次は俺がいいというまで達くなよ」

命じられるまま、撫菜はこくりと頷いた。

【6】

——花降楼の撫菜だよ

仲の町通りで見覚えのある男を捕まえ、絵姿を見せてそう言われたとき、氷瑞はどれほど衝撃を受けたかしれなかった。

花降楼——という遊廓の名前を、氷瑞はよく知っていた。それがどういう見世であるかということさえ、勿論よく知っていたのだ。

——……撫菜はあそこで下働きでもしているのか

往生際《おうじょうぎわ》悪く問い返す氷瑞を、男は笑った。

——まさか。あれでもそこそこ売れっ妓の傾城なんだぜ？

信じられなかった。

絵を描く者として、氷瑞は撫菜に、とても綺麗な何かを感じていた。それなのに春をひさぐような商売をしていたというなら、この目はどれほどの節穴《ふしあな》だったのかとも思った。

第一、花降楼の傾城たちは、別世界を感じさせるような選び抜かれた美妓ばかりのはずだった。撫菜はそれなりに可愛らしい容姿をしてはいるけれども、ああいうところの傾城に不可欠な華やかさは、どうしたって感じられなかった。

——ま、たしかに大見世の傾城らしくはないよな
と、男は氷瑞の心を読んだように言った。

——気安くて、なんとなく軽くあつかっちまうようなとこがあるっていうかさ。そういうところが俺は気に入ってんだけどね。——とはいうものの、あんたにも相当可愛く見えてるみたいじゃねえの?

にやにやしながら撫菜の絵に視線を落とされ、かっと頰が熱くなった。

(撫菜が娼妓だった。——しかも花降楼の)

ひどい衝撃だった。裏切られたと思った。気がつけば思わず絵を握り潰していた。

だが、それでようやく腑《ふ》に落ちたこともまた事実だった。

考えてみれば、最初から何かがおかしかったのだ。

今どきの少年とは思えない、長い髪に着物。花火の日に撫菜を追っていた男たちに対する違和感も心にわだかまっていた。讃岐屋での再会だって、そんなにも希《まれ》な偶然がありうるはずはなかったのだ。

そして抱いたときの、どこか慣れた感じ。

娼妓だったと知れば、すべてに納得できた。

――こういうことは初めてか
その問いに頷いた、あれもまた嘘だったのだ。好きだと言ったことも何もかも嘘だったのだ。

すべては謀《はかりごと》だったのだ――この男の。

氷瑞は紅殻塗りの悪趣味な部屋で、目の前の椅子に座る男の顔を射《い》るように見つめていた。

対照的に、相手は軽薄な笑みを唇に浮かべて氷瑞を眺めている。企みがばれても、悪びれるようすさえなかった。

血が繋がってはいても、母親に呪文のように憎しみを吹き込まれ続けたこの男と、ほぼ交流を持ったことはない。

ただ、彼が父の遺産として会社の株の何割かを所持しているため、何かあるときには委任状を餌に呼び出されたり、わざと人を馬鹿にしたような些細《ささい》なことで使われたりすることがあるだけだ。讃岐屋で撫菜に会った日もそうだった。

「下種《げす》なことをしてくれたものですね」

と氷瑞は言った。

この男に好意を感じたことは一度もなかったが、それでも今日ほど憎んだことがあるだろうかと思う。母の言ったとおり、最低の男だった。

「さて……なんのことだか」

だが、彼はそう言った。

「私はおまえに恋をしている撫菜をちょっと助けてあげただけだよ」

「はっ」

あまりに馬鹿馬鹿しい答えに、笑いも出なかった。

「俺を落とせたら、借金を棒引きにして自由にしてやると撫菜に約束したそうじゃないですか」

「賞品くらいあったほうがいいだろう？」

相手はさらりと返し、そして逆に問いかけてきた。

「それで……おまえはどうするつもりなのかな？」

「何がです」

「撫菜だよ。流連して今日で何日になる？」

その指摘に、氷瑞はぐっと詰まった。けれどそれを押し隠す。

相手はすべてを見通したような顔で続けた。

「ずいぶんあの子に溺れているとしか言いようがないと思うけれどね？」

「――別に色子を買っているだけですよ。飽きるまでのことだ。花代を惜しんだ覚えもないし、何も問題ないでしょう？」

「勿論。儲《もう》けさせていただいて、私には何の不満もないよ」

「ともかくこの件について、俺はあなたを許すつもりはありませんから」

「楽しみだよ」

氷瑞が叩きつけた科白に、彼はそう答えた。

「でも……一つ言わせてもらえばね、私が手出ししなければ、おまえは撫菜と再会することはできなかったんだよ。そのほうがよかったのかな？」

「――……」

よかった、とは氷瑞は言えなかった。


氷瑞が戻ってきたときには、撫菜は文机《ふづくえ》の前にぺたりと座り込み、何か紙のようなものをじっと見つめていた。

長い髪が華奢《きゃしゃ》な肩をすべり、畳にまで流れている。どことなく頼りない姿だが、その楽しそうな優しい表情に、氷瑞はどきりとした。紫乃多で別れたとき以来、こんな顔はずっと見ていなかったような気がした。

何を見ているのかと思いながら部屋の中へ入り、開けたままになっていた襖を背中で閉める。

その音ではっとした撫菜は、見ていた紙を抽斗《ひきだし》に慌てて仕舞い、振り向いた。

「おかえりなさい……」

氷瑞の姿をみとめてほっとしたように微笑う。

「よかった……。目が覚めたらいなくなってて、どこ行っちゃったのかと思った。鞄があるからまさかとは思ったけど……」

「……風呂に行っただけだ」

邪気《じゃき》のない可愛らしい笑顔に胸を衝かれたようになり、つい目を逸らしながら適当に答える。

楼主が言ったとおり、氷瑞はあれからずっと花降楼に流連していた。

撫菜が会わないというなら、身体を買ってやろうと思ったのだ。そうすれば、娼妓の撫菜には彼を避けることはできなくなるはずだからだ。

けれど、そうして無理に会ってどうするつもりだったのかは、今でもよくわからないままだった。

抱いて苛《さいな》むために登楼したわけではなかったはずなのに、気がつけば爛《ただ》れた暮らしを送っていた。氷瑞自身、男相手にそんなにできるのが、不思議なほどだった。同性愛傾向があると思ったことなど一度もなかったのに。

なんだか変に馴れあっている。けっこう楽しくて、つい騙されそうになる。

「今、何を隠した？」

「え？　ううん、何も」

焦ったように撫菜は言った。隠しごとをされたようで、氷瑞は少し不機嫌になる。

「ごめん、送りもしないで寝ちゃってて」

流連の客を湯に送り出すのも傾城の仕事なのだという。今までに何度撫菜がそんなことをしたのかと思うと、氷瑞は更に不快になった。

「え、ちょっ……氷瑞さ……」

鬱屈《うっくつ》した思いのまま褥に押し倒す。撫菜は驚いたように声をあげたけれども、抗《あらが》おうとはしなかった。

何度も何度も抱かれて疲れ果てているだろうに――実際身体も辛そうで、抱こうとするたびにどこか切ない顔をするくせに。

「あ……」

緋襦袢《ひじゅばん》をはだけて撫でると、撫菜は小さく喘いだ。

華奢なのにやわらかい、たまらなく抱き心地のいい身体だった。狭いのに、どれだけ乱暴に突っ込んでもどこまでも受け入れていくような。

（誰でも、何度でも）

溺れると同時に、他の男もこれを味わったのかと思うと許せなくて、なおさら苛《いじ》めずにはいられなかった。

小さな孔に触れると、わずかに熱を持っているように感じた。これだけ挿れていれば当たり前だと思う。そして痕跡《こんせき》を残して濡れていて、慣らさなくても呑み込んでしまう。

「っ……あぁぁっ……！」

自身をあてがって一気に奥を突くと、撫菜は少し苦しげな声をあげた。

「……痛いのか」

「大丈夫だよ……」

撫菜は微笑う。

「痛くても感じるからか」

意地悪く言えば、悲しげな顔をする。とても悪いことをしたような気持ちになるのを、氷瑞は振り払った。

実際、挿入しただけでも溶けるほど感じているのはわかっているのだ。

「……ああっ……あっ」

動き出すと、撫菜は喘いだ。感じるところに当て、内壁を擦るように突いてやる。撫菜の中は絞るようにきつく締めつけてきて、溺れるほど気持ちがいい。

「あぁ……あぁ……あっ――」

敷布を摑む撫菜の手を外させ、背中へ回させようとすると、撫菜は首を振った。

「だめ、……」

「どうして」

「爪立てちゃう、俺……っ気持ちよくて……っ」

素直で淫らな科白にぞくっとした。

「いやらしいこと言うんだな」

「……っ」

囁くと、撫菜は瞳をじわりと滲《にじ》ませ、しゃくりあげた。

「こんなの……いつもじゃない……氷瑞さんだけ……っ」

娼妓のそんな言葉を、真《ま》に受けるほうがどうかしている。そう思うのに、たまらなくなる。

「爪ぐらい……いくらでも立てればいい」

強引に腕を肩に掛けさせ、腰を突き動かす。容赦《ようしゃ》なく揺すり、内襞《うちひだ》を擦りあげる。

「あ、あ、や……あああっ……！」

びくびく、と身体を震わせ、撫菜は氷瑞の肩に爪を立てながらあっけなく昇りつめた。

「ご……ごめん……俺ばっか」

胸を大きく上下させながら、撫菜は言った。

「氷瑞さんももっと悦くなって……」

「……じゃあしてもらおうかな」

氷瑞はふと思いつくままに呟いた。身体を繋げたままで無理矢理体勢を入れ換える。

「ん、あぁぁ……っ！」

中に入ったままのものに、体内のどこかを強く突かれたのだろう。撫菜は呻《うめ》いたが、それでも抗おうとはしなかった。

氷瑞は撫菜を腹の上に乗せた格好になる。

「こういうのも得意なんだろう？」

撫菜は潤んだ瞳で頷いた。

「うん……頑張るから」

けなげにそう言って、氷瑞の腹に手を突き、動きはじめる。締めつけながら、腰を揺らす。その姿はとても淫らで、どこか痛々しかった。

「あ、ん、んん……っ」

撫菜はひっきりなく小さな喘ぎを洩らしていた。もうかなり辛いだろうに、それでも気持ちがいいらしい。

「氷……瑞さ……気持ちい……？」

「どっちがだよ」

揶揄うと、かっと頬を赤くする。可愛らしく再び頭を擡《もた》げた屹立《きつりつ》を指で摘《つま》めば、撫菜は背を仰《の》け反《ぞ》らせた。

「あぁぁっ、だめ……っ」

また達しそうになって、撫菜は叫んだ。達かないように我慢しているのがわかる。それがわかると、どうしても達かせたくなる。

氷瑞は撫菜の腰を支え、下から突き上げはじめた。

「だめ、やだ……あ、ひっ……！」

再びびくびくと撫菜は背を反らせた。

「っ……あああぁっ……！」

「……っ」

痙攣《けいれん》するような襞に締めつけられ、氷瑞もまた撫菜の中に吐精《とせい》していた。

昇りつめ、ぐったりと倒れかかってくる撫菜を、氷瑞は受け止めた。

気を失ったようだった。それとも疲れ果てて眠ってしまったか。

繋がりを解き、動かない撫菜を褥に横たえて、その小さな顔をじっと見つめた。

花降楼の張り見世の中に撫菜の姿を見つけたときのことを、氷瑞は思い出す。

そこに撫菜がいたことにも、いつもと違うその姿にも、どれほど衝撃を受けたかしれなかった。

子狐《こぎつね》のように可愛らしかったはずの撫菜は、着飾っているといつもとまるで違って他人のように見えた。

（……こうしてると同じ顔だが……）

そっと手を伸ばし、頬に触れる。

撫菜がふいに瞼を開いた。

「気持ちよかった……？」

窺《うかが》うように聞いてくる。

「……ああ」

ふいを突かれ、つい答えてしまう。撫菜はそれを聞いてふわりと微笑った。

「よかった」

登楼してから、撫菜は何度も「気持ちいい？」と聞いてきていた。ああ、と答えると、嬉しそうに笑う。

そんなことで喜ぶ撫菜が不思議だった。けれどその邪気のない顔は可愛くて、思わず頭を撫でてしまいそうになる。

(何を考えてるんだ)

自分に問いかけながら、氷瑞はぎゅっと両手を握り締める。

(騙されるな)

撫菜は楼主の命令で氷瑞を落とそうとしただけの娼妓なのだ。特別な感情が氷瑞に対してあるわけではないのだ。

「もっとする?」

と、撫菜は問いかけてくる。いいように苛められて疲れ果てているはずなのに、何を言っているのかと思う。

飾らない誘惑に却って一瞬ぐらつきかけ、氷瑞は憮然《ぶぜん》と答えた。

「……もういい」

「でも……流連なんて高いんだから、勿体ないよ?」

撫菜は更に誘いをかけてくる。他の客にも、同じように言うのだろうかと思う。

「そんなに好きなのか、こんなことが」

返した科白は詰《なじ》るようなものになってしまった。撫菜はよく理解していない顔で眉を寄せた。

「好き……じゃないかも……。なんか、これしてると寂しくなるし……」

「寂しい?」

そんな返事が返ってくるとは思わず、思わず問い返す。

「あ、ごめん」

「別に謝るようなことじゃない。ただ何故なのかと思っただけだ」

「……よくわからないけど……」

撫菜は答えようとして何度も唇を開きかけ、首を傾《かし》げていたけれども、ついに諦めたように言った。

「でも、他に取り柄がないなあって思うから」

「取り柄がない……？」

「子供の頃からずっと言われてたんだ。勉強も運動も特にできなかったし、特別可愛いわけでもないし、兄妹たちの中でも目立たなくて……」

「兄妹がいるのか」

「十一人兄妹の七番目。それくらいになると、目立たない子はお父さんもお母さんも忘れがちになるみたい。でも、俺が売られていくときには親孝行な子だって言って喜んでくれて、チョコくれたんだ。パチンコでお父さんがとってきてくれたやつ」

「親孝行だって？」

氷瑞は眉を寄せずにはいられなかった。

我が子を売り飛ばすばかりでなく、臆面《おくめん》もなく親孝行だと言って喜ぶ親に、嫌悪感で虫《むし》ずが走った。金がないのなら、パチンコの景品を渡す前に、まずそのパチンコを止めるべきではないのか？

けれど撫菜は素直な笑顔でにこにこと笑っている。

「うん。売られてくるような子の家はどこも同じようなものだけど、うちも子供多かったし、貧乏だったから。借金とかもあって首が回らなかったし、花降楼に買ってもらえるかもって言ったら、凄いって」

良い思い出を話していると信じて疑っていない顔だった。

撫菜が育ってきた劣悪な家庭環境を思うと、氷瑞はひどく胸が痛んだ。思わず撫菜を抱き締めそうになり、はっと我に返る。

(——何を本気にしてるんだ。色子の身の上話なんか)

彼らにとっては、客の同情を引くのも仕事のうちなのだ。本気にしようとするなんて、どれだけ甘いのかと思う。

氷瑞は自分を戒《いまし》めるけれども、撫菜の無邪気な表情は嘘を言っているようには見えず、心は傾きそうになる。

そんな気持ちを引き戻したのは、撫菜自身の言葉だった。

「でも未通じゃなかったから、女衒《ぜげん》が言ってたほど高くは買ってもらえなくて、がっかりさせちゃったかも……」

「未通じゃない……？」

撫菜は買われたとき、いくつだったと言うのだろう。花降楼ではずいぶん幼いときから見世に置いて、禿から傾城へ育てあげるのだと聞いているのに。

「うん。うちは本当はそうじゃないと取らないんだけど、女衒が……俺は身体がいいからきっと買ってもらえるって言ったんだ。俺、そんなふうに誰かに誉めてもらったの、初めてだった」

「身体がいいって……」

撫菜は嬉しそうに微笑うけれども、氷瑞は笑えなかった。そんなことがわかるということは、女衒は撫菜を抱いたということだからだ。

「最初の男はその女衒か」

「うん」

「そいつの手で売り飛ばされてきたのか」

「うん」

「なんでそこで脳天気に笑うんだ‼」

不快な思いは怒りにまで達し、思わず氷瑞は声を荒げていた。初心《うぶ》すぎる撫菜にも、それにつけ込んだ女衒にも、腹が立ってたまらなかった。

撫菜は困惑したような顔をする。

「だ……だって……取り柄のない子なんだから、せめて笑ってなさい、ってお母さんが……」

「……っ」

この話も、手練手管の一つだろうか。引っかかるのは馬鹿だと思いながら、何故だか胸が痛い。

気がつけば氷瑞は撫菜をぎゅっと抱き締めていた。

「氷瑞さん……？」

撫菜が不思議そうに名を呼び、そしておずおずと背中に手を回してくる。そっと抱き返される。

襖の外から、禿が声をかけてきたのはそのときだった。

「失礼します」

行灯《あんどん》の油を差しに回ってきたのだった。

手を突いて部屋に入り、油を差して、撫菜に目配《めくば》せして出て行く。

それを合図のようにして、抱きあっていた撫菜の身体が、そろりと離れた。

「あ……俺、ちょっとお手水《ちょうず》へ……」

撫菜は不自然に言った。

氷瑞は廓のしきたりなどろくに知らないが、それでも何か感じるものがあった。灯りにかこつけて、他の客が登楼したから相手をしろという伝言だったのだと思われた。

それに気づいたとき、氷瑞は立ち上がろうとする撫菜の手首を掴み、無理矢理褥に引き戻していた。

「氷瑞さん……!?」

「ここにいろ」

撫菜の上に覆い被さり、自由を奪う。唇を塞《ふさ》ぎ、脚で脚を割り開く。

「氷瑞さ……っ」

ひどいことをしていると思う。けれど他の客のところへ抱かれに行く撫菜を黙って見送ることは、どうしてもできなかったのだ。


ぐったりと気を失った撫菜の顔を月明かりが照らす。

ひどく苛めてしまった、と氷瑞は後悔していた。いくら色子と言っても、もう少し気をつけて、休ませてやらなければ、と。

けれど娼妓だったとわかってからも、撫菜は少しも変わった気がしなかった。一生懸命尽くしてくれるのが、嘘の気持ちとは思えなかった。

騙されそうだ、と思い、それでもいいような気さえしてくる。不思議だった。

（……そういえば……）

ふとそのとき、撫菜の文机が目に映り、氷瑞は先刻のことを思い出していた。撫菜が嬉しそうに見つめ、隠すようにここに仕舞い込んだもののことを。

勝手に抽斗を開けるのはいけないことだと思いながら、すっかり眠り込んでいる撫菜を見ているうちに魔が差した。

氷瑞は起きあがり、文机に近づいて、そっと抽斗を開ける。

（ああ……）

一番上にそっと仕舞ってあったものを見て、氷瑞は思わず声を漏らしそうになった。

讃岐屋で描いてやった、キツネの絵だった。

撫菜はこれを見て微笑っていたのだ。そう思うと、何故だか心が温かくなる気がした。

それを見つめる彼自身もまた、あのときの撫菜と同じやわらかな表情になっていることに、自分では少しも気づいてはいなかった。

＊

氷瑞が流連するようになってから、撫菜は最初のうち、わけもわからないほど揉《も》みくちゃにされていたけれども、少したつと氷瑞も撫菜の身体に飽きてきたのか、あまり無茶なことはしかけてこなくなった。

楽だけど、少し寂しい。

初めて男に抱かれてから今まで、こんなにも同じ人にばかり抱かれて過ごしたことはなくて、身体がすっかり氷瑞のかたちを覚えてしまった気さえするほどだったのに。

抱かれるかわりに、庭を散歩する氷瑞のお供《とも》をしたりする。そんなことをしていると、仲の町通りを一緒に歩いた頃のことを思い出し、ひどく懐かしくなった。

紅葉しはじめた花降楼の庭は美しく、明るくて、氷瑞の姿がよく見える。時季はずれの台風が来るということだが、まだ兆候《ちょうこう》は感じられなかった。

（でも流連って楽しいんだな……昼間も一緒にいられるのっていいいな）

と、撫菜は思う。

正体を知った氷瑞にどんなに軽蔑《けいべつ》されているかと思うと辛いけれども、

（会えて、やっぱり嬉しかった）

紫乃多で別れ、約束を破ったまま二度と会えなくなるより、ずっとよかった。

氷瑞と一緒にいられて嬉しい。彼ももしかしたら撫菜の身体を気に入ってくれたのかもしれないと思う。そういう身体に生んでくれた両親に、撫菜は感謝した。

（でもお金かかってるだろうな。流連なんて）

他の客のところへ行こうとしたら怒って、それ以来ずっと買い切りだから、なおさら高価《たか》くついているはずだった。

（やっぱり、汚いのはやなんだろうな）

氷瑞はお金持ちのようだし、花代のことなどは気にしなくてもいいのかもしれないけれども。

（身体にはまってくれるのは嬉しいけど、ずっとしてるわけじゃないんだから勿体ないよね。……それにお家《うち》の人だって心配するだろうし、たまには帰ったほうがいいんじゃないのかな……？）

本当はどこにもやりたくない。このまま閉じこめてしまいたいくらいだけれど――。

「……なんだ？」

そんな撫菜の視線に気づいたのか、ふいに氷瑞が言った。

「えっ。ううん」

つい否定したけれども、やはり気になって、恐る恐る撫菜は聞いてみる。

「氷瑞さん、ご家族は？」

「家族……？」

「……ずっとここにいるから……お家の人が心配してるんじゃないかと思って」

「帰したいのか」

「う……ううん……っ」

低い声で返され、撫菜は慌ててぶんぶんと首を振った。

そんなつもりじゃなかった。氷瑞には凄く傍にいて欲しいのだ。ただ心配だっただけなのに、上手く伝わらない。

ここへ来てからの氷瑞は、撫菜にはわからない理由で急に不機嫌になることが、よくあった。そういうときの氷瑞は、ちょっと怖いなあ、と撫菜は思う。

（でも殴ったりしないからいいけど）

ただ、色子でありながらお客の気持ちの機微《きび》を察せない――否、氷瑞の気持ちの機微を察せない自分が情けなかった。なんとかもっと楽しくなってもらいたいと思うのに、どうしたらいいかわからなかった。

（もうあれもあんまりしたくないみたいだし）

そうなると撫菜はただただ困惑するしかない。けれどそれでも、氷瑞の傍にいられるのは嬉しかった。

(氷瑞さんの傍にいたい)

たまには帰ったほうが――などと言って帰してしまったら、それっきり来なくなることだってあるかもしれないのだ。

撫菜はぞっとして、やっぱり伝わらなくてよかったのかもしれないと思う。

そもそも撫菜の正体を知って嫌いになったはずの氷瑞が、何故ここにいてくれるのかさえ、よくはわからないのだ。撫菜の身体が気に入ってくれているとしても、いつ飽きるとも知れない。どっちにしたって永遠に続くものではないのに。

ふいに氷瑞が言った。

「どうせ誰もいやしない。みんな死んだから」

「え……」

撫菜は一瞬、声を失った。

「……お父さんも……お母さんも?」

「ああ」

(家族は誰もいなくて……独りぼっちなんだ……)

撫菜は氷瑞の孤独を思った。彼と初めて会ったときのことを思い出す。妻の墓の前で、彼がどんなに辛そうな顔をしていたか。

撫菜も家族とは離れて久しいし、いつか会えるかどうかさえわからないのだが、どこかで生きていてくれるだけでも、どれだけましかわからない。

「あの……奥さん、どうして……？」

亡くなったのかと聞く撫菜に、氷瑞の視線は厳しくなる。

「あ、答えたくなかったら……」

「車の事故……いや、自殺か」

「え……」

また聞いてはいけないことを聞いてしまったのだろうか。撫菜は慌てた。

「ご……ごめんなさい……」

「何が」

「だって……悲しいこと思い出させて……」

(俺はいつも)

じわりと涙が浮かんでくる。どうして自分はいつも上手く彼を楽しませてあげることができないのだろうと思う。讃岐屋でも何を話したらいいかわからなくてつまらないことしか話せなかったし、あれはあれで氷瑞は喜んでくれてたけど、もっと上手く楽しい話ができていたら、もっとよかったのかもしれない。

はっきりと笑った顔なんて、一回しか見たことがなかった。

(紫乃多で、したときだけ)

あのときの彼の笑顔を思い出し、撫菜は口にした。

「あの……またする?」

氷瑞は目を軽く見開き、そして呆れたようにため息をついた。

「おまえ……唐突《とうとつ》なんだよ」

「……ご、ごめん……」

撫菜はまた小さくなる。浮かんできた涙を拭う。

氷瑞はふいに撫菜の頭を撫でた。

「あ……」

彼に撫でてもらうのは、ひどくひさしぶりな気がした。撫菜は舞い上がるほど嬉しくなる。

「……妻とはいとこ同士だったんだ」

と、彼は言った。

撫菜も楼主から少しは聞かされていたが、もともと氷瑞の家は、血統を守るために代々血族結婚を繰り返してきた家柄だったのだという。血を汚さず、繋いでいくことこそが一番大切な使命なのだと、氷瑞は子供の頃から母親に繰り返し教えられていた。

何故氷瑞の母親がそれほど血統に拘《こだわ》ったのかは、聞かなくても撫菜にも察することができた。夫の側室への寵愛《ちょうあい》と無関係であるはずがなかった。

そしてある日、彼女が重病にかかった。

結婚にはまだ少し若いかもしれないけれど、生きているうちに式を挙《あ》げて安心させてくれ――そう言われ、氷瑞は子供の頃からの婚約者だった女性と結婚した。

「親しいつきあいがあったわけじゃなかったが、親族の集まりなどで何度か会ったことがあって……なんて綺麗な人だろうと思ってたんだ。俺は彼女が嫌いじゃなかった」

けれど結婚生活は上手くいかなかった。

「彼女には結婚前、好きな男がいたんだ。だが家の借金を肩代わりすると言われて、逆らえずに俺と結婚したんだとはっきり言われた」

氷瑞はそんなひどい言葉をぶつけられて、どんなに辛かっただろう。撫菜は自分がそう言われたかのように胸が痛んだ。

「冷え切った結婚生活を送って……妻が死んだのは、二年とたたない頃だった。別荘へ行く途中、崖《がけ》から車で転落したんだ」

「じ……自殺……？」

それだけではわからないではないかと撫菜は思う。

「俺宛《あて》の遺書《いしょ》はなかったが、昔つきあっていた男には……いや、昔ではなくて、結婚してからも関係は続いていたらしい。見せてもらうことはできなかったが、彼宛の遺書の内容は、ひどい結婚生活に耐えられない、離婚して愛する人と再婚できないなら死ぬ、という俺に対する恨《うら》み辛《つら》みだったそうだ」

妻の恋人は、おまえのせいで彼女は死んだとずいぶんひどい言葉で氷瑞を詰《なじ》ったという。

「あの……百合の人？」

墓地で、氷瑞の花束より先に生けてあったもう一つの百合の花束のことを、撫菜は思い出していた。

「ああ。百合は妻の好きな花だった」

氷瑞は頷いた。

「恋人と続いているなんて、俺は彼女が死ぬまで知らなかったんだ。冷め切った家庭だったが、ああいう家の夫婦なんてみんな同じようなものだと思っていた。両親もそうだったし、まさか自殺するほど別の男を思っていたなんて」

たとえ愛しあっていたわけではなくても、自分が何も知らずに裏切られていたことに、氷瑞はひどく傷ついたに違いなかった。そしてそんな彼の心を撫菜もまた裏切って、更に傷つけてしまったのかもしれない。

そう思うとたまらなかった。

「それまで血統を守るための結婚が間違ってるなんて思ったことはなかった。子供の頃からそういうものだと――当たり前だと思っていたんだ。だけどそれがそこまで彼女を不幸にしたのなら、あの結婚は間違っていたのかもしれない。そもそも母だって同じような結婚をして、同じように不幸だったのに」

「……氷瑞さん」

「母に同情していた。俺が血筋の正しい女と子供をつくれば、少しは母も癒されると思った。だけど」

子供を見ることなく母は亡くなり、妻も不幸なうちに亡くなった。

「死ぬほど俺と離婚したかったのなら、どうしてそう言ってくれなかったのか。それにも値《あたい》しない男だったのか、俺には遺書も遺《のこ》せないほど？　あいつにはどんな恨み辛みを書き残したんだろう……？」

撫菜は氷瑞を抱き締めたくてたまらなくなった。手を伸ばしても背丈《せたけ》が足りずに、ただ抱きついたようにしかならない。それでも精一杯力を込めた。

彼は裏切られた身でありながら、妻を不幸にしたという負い目と罪悪感をずっと感じてきたのだろう。彼女が自殺したのは自分のせいかもしれないと自分を責め続けて。

できることなら、その傷を消してやりたかった。けれど何を言っても、通り一遍《いっぺん》の言葉にしかならない気がした。第一、一度は自ら彼を裏切った色子の言うことが、彼にとってなんの慰《なぐさ》めになるだろう？

まことがない、と言った彼の声は、まだ撫菜の耳に残っていた。

（でも……）

撫菜はどうしても疑問に思わずにはいられなかったのだ。

彼の妻は、本当に自殺だったのだろうか？　自殺だったとしても、本当に彼のせいなのだろうか。

それは、撫菜が氷瑞を愛しているからこその直感だったのかもしれない。

撫菜には、氷瑞がそこまで自分の妻を追い込むような男だとは、どうしても思えなかったのだ。

（もし氷瑞さんのせいじゃないとわかったら、彼を力づけることができる……？）

撫菜はそこに一筋《ひとすじ》の希望を見いだした。

【7】

その翌々日は台風で、激しい風雨が吹き荒れていた。

大引《おおび》けを過ぎ、氷瑞が眠ったのをたしかめてから、撫菜はそっと褥を脱けだした。一番地味な着物を着て、外へ出る。吉原がもっとも寂しくなる時間であるうえに、こんな夜に花街を訪れている客もとても少なく、裏通りなどには人っ子一人いなかった。

荒淫《こういん》の疲れがまだ少し残っているのか足許が覚束《おぼつか》なかったが、撫菜には気にしている余裕などなかった。

——氷瑞さんの奥さんの恋人だった人のことを教えてください
そう頼んだら、楼主はあっさりと、相手の名前から住まいまで教えてくれた。けれど、どうしても会いに行きたいから手形をくれという頼みは聞いてはくれなかった。簡単にそんなものを出すわけにはいかないと言われた。

だから撫菜は一大決心をしたのだ。

夜中に抜けだして、その彼に会いに行こう、と。そして氷瑞の妻の自殺の真相について、絶対に聞き出すのだ。

　ありえないほど都合よく台風が来たのは、きっと神様が味方してくれたからだと撫菜は思った。

　吉原には出入り口は大門一カ所しかなく、常に見張りがいるし、それ以外のところはすべて高板塀《たかいたべい》と鉄漿溝《てつしょうこう》――いわゆるお歯黒溝《はぐろどぶ》で囲まれている。けれど手形がなければ、そのどちらかをどうにかして突破するしか、外へ出る道はなかった。

　撫菜はごみ箱を重ねて踏み台にして、一生懸命高板塀をよじ登った。

「足抜けだ……!!」

　見回りの叫ぶ声が響いたのは、必死になってようやく塀の上まで登ったときだった。

（見つかった……！）

　慌てて向こう側へ下りようとする。けれど焦りで平衡《へいこう》感覚が狂い、撫菜は塀の上から墜落《ついらく》してしまった。

　溝に落ち、溺れそうになりながら、必死で向こう岸へ這《は》い上がる。

　そしてよろよろと立ち上がり、走り出した。

　傘《かさ》も、下駄《げた》も溝に落としてしまっていた。裸足《はだし》の足の裏がひどく痛んだが、気にしている余裕などない。とにかくまずは追手《おって》をまかなくてはならなかった。打ちつける雨はたまらなく冷たいが、撫菜の姿を隠してくれた。

方角もよくわからないまま、撫菜は走った。

そしてどうにか最寄《もよ》りの駅にたどり着く頃には、追手の姿も見えなくなっていた。振り切ることができたのだ。

だがそこから目的の家までたどり着くのは、簡単なことではなかった。

真夜中というよりは早朝に近い時間、電車は動いてはいなかった。そのうえ撫菜は溝に巾着《きんちゃく》も落としてしまったようで、切符《きっぷ》を買う金がなかった。同じ理由で車も拾えなかった。金を持っていたとしても、泥水でびしょ濡れのうえに裸足という撫菜の姿では、停《と》まってもらえたかどうか怪しいところだったけれど。

撫菜は交番で道を教えてもらおうとしたが、どうしても覚えることができず、結局は地図を書いてもらった。

(そういえば……氷瑞さんにも苦労させたっけ)

墓地で出会ったあの日、彼はあまりに覚えの悪い撫菜を見かねて、波止場《はとば》まで送ろうとしてくれたのだ。思い出すと可笑《おか》しく、そして心が温かくなった。

地図を見て歩きながらも、慣れない外の世界に途惑う。見慣れない大きな道路も速い車もビルの軒下《のきした》で眠っている浮浪者《ふろうしゃ》も、すべてが怖かった。

長い距離を歩くのは花降楼に買われて以来初めてのことで、裸足の足はあっというまに棒のようにくたびれ、擦《こす》れてひどく擦《す》り剝《む》けた。疲労のためか、ひどく頭が痛い。ふらついてならず、ときどき壁に寄りかかって眩暈《めまい》が去るのを待たなければならないほどだった。

(それに寒い……)

自分の身体を抱き締める。ただでさえかなり気温が下がっている中で風雨に晒《さら》され、たまらなく寒かった。

(こんなことも前にもあった)

あのときは、撫菜が震えていたら、氷瑞が上着を着せかけてくれたのだ。

そんな記憶に励《はげ》まされた気がして、撫菜は気を取り直して歩を速めた。歩いて歩けない距離ではないのだ。いつかはたどり着けるはずだった。

けれどたどり着けたとして、ちゃんと相手に会ってもらえるか、遺書のことを教えてもらえるのかどうか。

(あ……)

歩きはじめてから何時間たったのだろう。近くまで来てからでさえ何度も迷い、永遠に彷徨《さまよ》い続けなければならないような気さえしはじめた頃だった。

撫菜はついにそれらしい表札を見つけたのだった。

(これ……?)

立派な石の門柱《もんちゅう》に埋められたそれには、「野崎《のざき》」と楼主に教えられた名前が書いてある。

撫菜は何故だか霞《かす》む目を何度も擦って確認した。あまりにここまでの道程《みちのり》が辛かったから、信じられない思いがした。

(この家だ……!)

そして確信すると、涙が零れた。温かい雫が雨に溶けていく。

(よかった……たどり着けて。これで氷瑞さんの奥さんの恋人に会える)

撫菜は一気に心が高揚《こうよう》するのを感じた。震える指で、呼び鈴《りん》を鳴らす。

「はい」

機械の向こうから、人の声が聞こえてきた。

「……吉原の……花降楼の者で、撫菜といいます。……正吾《しょうご》様は、御在宅でしょうか……?」

声が掠《かす》れて、喋るだけでも必死にならなければならなかった。

そしてようやくそう口にした途端、ほっとして気が遠くなり、撫菜はその場に崩れ落ちていた。


(え……?)

目を開けて真っ先に飛び込んできたのは、見知らぬ天井だった。

(どうして……。たしか俺、氷瑞さんの亡くなった奥さんの恋人を訪ねて……ようやく家を見つけて、ベルを……）

記憶をたぐりながら、周囲を見回す。

落ち着いた雰囲気の部屋だった。撫菜が寝かされているのはゆったりした寝台の上で、
そろそろと起きあがると、泥水まみれだった自分の着物ではなく、白い浴衣を着せられていた。

誰が着替えさせてくれたのだろう。

そう思って首を傾げたときだった。扉が開き、若い男が姿を現した。

「ああ、気がつかれたんですね」

「あの……」

起きあがろうとして、また眩暈を感じる。

「ああ、無理をしないで、熱があるんですよ」

そう言って男は撫菜の背を枕《まくら》に凭《もた》せかけてくれた。

「門の前で倒れているのを家の者が見つけたんですよ」

「すみません……ご迷惑をおかけしてしまって」

撫菜は頭を下げた。

「……こちらは、野崎正吾さんのお宅ですか……？」

「ええ。正吾はぼくですが」

ああ、では本当にちゃんとたどり着けたのだと、ほっと息をつく。

そして意外と若い人だったんだな、と撫菜は思った。撫菜とたいして変わらないのではないだろうか。氷瑞の妻の恋人という関係から、氷瑞くらいの歳《とし》の男を漠然《ばくぜん》と想像していたけれども。

「嵐の中を、こんな朝早くに傘も持たずに歩いて来るなんて……ぼくに何かよほど大切な用でも？」

「はい……」

撫菜は頷いた。

「……俺は吉原の花降楼という見世で、……色子をしています。撫菜といいます」

色子、と口にすることに躊躇《ためら》いを覚えながらも、撫菜はもう一度名乗った。撫菜の身分を知って、彼の言葉から敬語がとれる。

「吉原の娼妓は、勝手に大門を出るのは御法度《ごはっと》じゃなかったかな。許可はもらってきたの？」

「……いいえ」

「もらってないって……」

野崎が声を荒げようとするのを、撫菜は遮《さえぎ》った。

「お願いします。まだ見世には知らせないでください。俺の話を聞いてください」

「このまま逃げるつもり？」

撫菜は首を振った。

「話が終わったら帰ります」

「だけど……戻ったらひどい目にあわされるんじゃないの？」

「平気です」

撫菜は微笑った。

足抜けまがいのことをして、ただで済むわけはない。おそらく手ひどい折檻《せっかん》を受けることになるだろう。それはとても怖いけれども、耐えられないことはないはずだった。妻を失って以来、きっとずっと続いているに違いない氷瑞の胸の痛みにくらべたら、どうってことない。

「……あなたは、氷瑞さんの亡くなった奥さんの恋人だったってうかがいました」

そう口にすると、野崎は目を見開いた。

「氷瑞……そうか、花降楼という名をどこかで聞いたことがあると思っていたら……。あまり表沙汰《おもてざた》になってはいないが、たしかあの人の兄さんがオーナーだった……」

野崎は独り言《ひとりごと》のように呟くと、撫菜に視線を戻す。撫菜を氷瑞の関係者と知ったためか、先刻までより厳しい顔つきになった気がした。

「君はあの人の……？」

どういう関係なのかと問われ、撫菜は咄嗟《とっさ》に答えが出てこなかった。

「あの……氷瑞さんは俺の……お客さん、です」

そうとしか答えられない。恋人、とは呼べないし、友達でもないだろう。ましてや家族でもない。そのことを改めて意識すると、ひどく切ない気持ちになる。

「……ただのお客のために見世を抜けだして、こんなところまで来たの？」

「……」

うつむいて黙り込む撫菜に、野崎はため息をついた。

「いいよ。君の話を聞こう」

「ありがとうございます……！」

撫菜はほっとして、頭を下げた。

この野崎という男はいい人なのかもしれないと思う。けれどももし氷瑞の妻が自殺でないとするなら、彼が嘘をついていることになるのだ。

「……氷瑞さんの奥さんは自殺だって聞きました」

「ああ……」

「氷瑞さんには遺書を遺さなかったけれど、昔の恋人だったあなたには遺したって……」

「ああ。……ぼくはもともと彼女の弟の大学の友人でね。身分はつりあわなかったけど、気があってよく彼の家にも遊びに行ってたんだ。そしてそこで彼女とも何度も顔を合わせるうちに、愛しあうようになった……。でも彼女には幼いときから決められていた婚約者がいて、結局逆らえずに、家のために結婚した」

その相手が氷瑞だ。

「彼女は政略結婚の相手なんかより、当然ぼくのことを愛していたんだ。だからぼくだけに遺書を遺した。それだけだよ」

「その遺書を見せていただけませんか」

「どうして、そんなものを？」

「……氷瑞さんは……自分が奥さんを不幸にして自殺に追い込んだって思ってて、凄く傷ついてるんです。死ぬほど別れたかったのに、そのことを何も言ってくれなかったって。あなたとまだ交際していたことも知らなかったし、どうして独りでそんなに思いつめたのか、何もわからないままだから……」

「だったらなおさら読まないほうがいい。よけい傷つく」

激しく心臓が音を立てた。彼女の遺書はそんな内容だったのだろうか。だとしたら撫菜がここへ来たことは無駄だったことになる。氷瑞を救うことはできなくなるのだ。

「な……なんて書いてあったんですか……？」

「……夫は血も涙もない冷血漢《れいけつかん》で大嫌いだという意味のことだよ。血統を守るためだけに結婚して、彼女に見向きもしないのに、離婚はしてくれない。どんなことをしてでもぼくと結婚すればよかった。やり直すことができない以上、もう死ぬしかない……と」

「嘘です……！」

彼の言葉を聞いた途端、撫菜は思わず反論していた。

氷瑞の慟哭《どうこく》を思い出す。死ぬほど別れたかったのなら、どうして言ってくれなかったのかと彼は言っていた。氷瑞が離婚に応じなかったという野崎の科白は、そのことと矛盾《むじゅん》する。

それに、氷瑞は冷たく見えるけれど優しいところもある人だ。決して血も涙もない冷血漢などではない。たとえ愛してはいなかったとしても、一緒に暮らしていたのなら、それが彼女に全然伝わらなかったはずはないと思うのだ。

「あの人はそんな人じゃありません……！　きっと何か誤解が」

「誤解などあるわけがない。遺書があるんだからね」

「嘘です……!!」

撫菜は再び繰り返した。

「ぼくが嘘をついていると……!?」

野崎は顔色を変え、椅子から立ち上がった。失敗した、彼を怒らせてしまった、と撫菜は思ったが、遅かった。

「可哀想《かわいそう》に思って親切にしてやれば……不愉快だ！」

彼は憤然《ふんぜん》と部屋を出て行こうとする。

「あ……待っ……！」

撫菜は手を伸ばした。野崎を引き留《と》めようとして眩暈を起こし、寝台から落ちる。

「待ってください……！」

それでも必死で這って彼のズボンの裾《すそ》を摑んだ。

「あなたの言うとおりならそれでもいいんです。お願いします。遺書を見せてください……！」

「何故ぼくがいきなり飛び込んできた色子なんかの言うことを聞いて、彼女を不幸にした男のために行動しなければならない？」

「それは……」

たしかにその通りだった。彼は撫菜に義理もなければ、恋敵の氷瑞にも恨《うら》みこそあれ、好意は欠片《かけら》も持っていない。撫菜の懇願《こんがん》を聞いてくれても何の得《とく》もないのだった。だが、だからといって諦めるわけにはいかなかった。

「お願いします……！　俺にできることならなんでもしますから……！」

撫菜にできることなんてとても少ないかもしれないけれど、もし何かあるのなら。

野崎はその言葉に、今にも撫菜を振り払いそうになっていた足を止めた。

「……じゃあ、引き換えに君の命をくれと言ったら？」

「え……？」

撫菜は床にうずくまったまま、顔を上げた。

「彼女は死んだんだ。それくらいじゃないと引き換えにはならないだろう？」

（ああ……）

この人も亡くなった彼女を本当に愛していたのだと撫菜は感じた。こんなことを口にしてしまうほど。

「……わかりました」

と、撫菜は答えた。

「俺なんかの命でよかったら」

自然と微笑が零れた。死にたいと思ったことはなかったけれど、さほど命に執着《しゅうちゃく》があるわけでもなかった。身体以外に取り柄もない自分が、氷瑞のために命を使えるのなら、素敵なことだと思えた。

けれど野崎はさっと頬を紅潮させ、激昂《げっこう》した。

「本気じゃないと思ってるんだろう⁉　そんなに簡単に命を捨てるなんて、できるわけがないじゃないか！　適当なことを言うな……！」

「適当なことなんて言ってません……！」

急に屋敷の表のほうが騒がしくなったのは、そのときだった。

撫菜ははっとした。

直後、部屋の扉が叩かれ、使用人らしい男が入ってきた。

「お坊ちゃま。花降楼の者だと名乗る方々が、撫菜という色子がここへ来ていないかと訪ねてきておりますが」

撫菜は息を呑んだ。野崎は撫菜を見下ろして、唇を開きかける。

「ま、待ってください……！」

撫菜は必死で彼に縋《すが》った。まだ遺書も見せてもらってはいないし、何も聞き出してはいないのだ。ここで連れ戻されたら何にもならない。足抜けまでしてやって来たのが、何もかも無駄になってしまう。

けれど野崎は無情に言った。

「ここまで引き取りに来てもらいなさい」

「かしこまりました」

使用人が部屋を出て行く。

野崎は撫菜を一瞥《いちべつ》した。

「命拾いしたじゃないか」

「そんな……！　俺のことなんか……！」

やっぱり野崎は撫菜の言葉をまともに受け取ってはいなかったのだ。本気だということを証明して、彼の心を変えることはできないのだろうか。

再び扉が開き、花降楼の若い衆たちが撫菜を捕まえにやって来た。

彼らの一人が撫菜の腕を摑み、強引に立ち上がらせる。

「足抜けした色子がどうなるかは、わかってるな」

そのまま部屋から引きずり出されかけ、撫菜は必死でその手をもぎ放そうとした。

「待ってください……！　野崎さん。俺、何でもします、死んだっていいです。だから遺書を……！」

野崎は既《すで》に顔を背《そむ》け、撫菜のほうを見ようともしない。口で言ってもだめなのだ。

撫菜は自分を摑んでいる男の手に、思いきり噛《か》みついた。

「うわっ」

男が叫んで手を放す。撫菜は彼の手から逃れると、部屋の窓に飛びついた。そしてそれを開け、窓枠《まどわく》に飛び乗る。そして野崎を振り返った。

「氷瑞さんに、奥さんの遺書を見せてあげてくださいね……！」

撫菜は叫び、窓枠を蹴った。死ぬんだ、と思った。

だが、若い衆の手で引き戻されるほうが一瞬早かった。

撫菜は床に引きずり落とされ、身体の半面をひどくぶつけて呻《うめ》く。そのまま後ろ手に腕を捻《ねじ》り上げられ、ぎりぎりと縛《しば》られた。

「あう……！」

骨が折れるかと思った。

「手間かけさせやがって……！」

男は吐き捨てるように言った。

撫菜はがっくりと項垂《うなだ》れた。何もかも終わってしまったのだ。身体より、失敗したのだという胸の痛みのほうが何倍も痛かった。

（ごめんなさい……氷瑞さん……）

涙がじわりと滲み出す。

撫菜を捕まえた男が、野崎に頭を下げた。

「どうもご迷惑をおかけしました。見世から改めてお詫《わ》びに伺《うかが》わせていただきます」

撫菜は絶望と、そのためか身体がふらつくのとで顔も上げられなかった。野崎の声が遠く聞こえた。

「あの……この子はこれからどうなるんですか」

「足抜けは三日三晩の折檻と決まっています」

「折檻……」

「蔵に吊して百叩《ひゃくたた》きに水責め……昔は命を落とした妓も少なくなかったようですが、まあ今はなかなかそこまではね」

男はふっと笑った。

野崎が言葉をなくしているのが、見なくても伝わってきた。

そしてすべてに破れた撫菜は、若い衆たちに引きずられ、見世へと連れ戻されることになったのだ。

花降楼へ連れ戻された撫菜は、しきたりどおり三日三晩の折檻を受けることになった。

ちゃんと戻ってくるつもりだったなどと言っても、無駄なことはわかりきっていた。

土蔵《どぞう》の座敷牢《ざしきろう》で後ろ手に縛られ、吊されて、割り竹で打たれる。そのたびに悲鳴をあげ、背を仰《の》け反《ぞ》らせずにはいられなかった。

厳しい打擲《ちょうちゃく》に気を失いかけると、頭から水をかけられ、引き戻された。野崎の家から着たままの白い浴衣は背中の部分が破れ、すっかり濡れて肌に張り付いていた。

そんなことがどれくらい続いただろう。あとどれくらい続くのだろう。

(もう、このまま死ぬのかも)

と、撫菜は思った。

(でも、そのほうがいいかも)

足抜けを試みたことは少しも後悔してはいないけど、自分の使えなさが情けなくてならなかった。こんな役立たずは、それくらいの罰は受けていいと思う。

吉原を出たときは、絶対に遺書を見せてもらうつもりだったのだ。本当のことを聞き出して、そしてできれば遺書の本物を借りてきたかった。

（俺ってほんと、だめだな……）

もっと賢《かしこ》かったらもっと上手くやれたかもしれないのに、頭の悪い自分が本当に嫌になる。

（死ぬならその前に……氷瑞さんの顔、もっかい見たかったけど）

でもすっかり失敗してしまって、彼に合わせる顔はなかった。

次第に意識を失う頻度《ひんど》が高くなっていた。それに伴《ともな》って水を掛けられる回数も増える。もともと掠れ気味だった声は、ついに嗄《か》れてしまう。

「撫菜……!!」

自分の名を呼ぶ耳慣れた声を聞いたのは、そんなときだった。

（……？　夢……？）

そろそろ半分死にかけているのだろうかと思いながら、撫菜は重い瞼《まぶた》を開ける。

その霞《かす》んだ目に、蔵の入り口に男が立っているのが、微かに映った。

「……氷……瑞、さ……？」

「撫菜……っ‼」

その男が氷瑞に間違いないことがわかった瞬間、涙が零れた。

氷瑞が駆け寄ってくる。若い衆たちに止められそうになり、振り払う。

「放せ……！」

氷瑞は撫菜の傍へたどり着くと、撫菜を吊している縄《なわ》を解いてくれた。床へ下ろし、抱き起こしながら、戸口に立つ鷹村に怒鳴った。

「いったい何をやってるんだ……‼　起きたらいないと思って捜してみれば、こんなひどい……どういうことなんだ⁉」

「足抜けは三日三晩の折檻――それが廓のルールですから」

「足抜け……⁉」

あっさりとした鷹村の答えに、何も知らなかったらしい氷瑞が声を荒げる。

「どうしてそんな……」

「さあ？　野崎氏の家を訪問していたようですが？」

「野崎……野崎ってあの……⁉」

氷瑞は驚いた顔で撫菜を見下ろす。

「どういうことだ⁉」

「ご……ごめ……」

撫菜はその視線を避けようとした。

「俺……合わせる顔がな……」

背中が痛くて全身が懈くて、声を出すだけでも今の撫菜には重労働だった。それでも力を振り絞り、一生懸命唇を開く。

「なんで謝る？　何をしにあんなところまで行ったんだ……！」

「遺書……見せてもらおうと……でも……」

「遺書……!?」

「あなたの奥さんが本当に自殺だったのかどうか、そうなら理由は何だったのかを調べに行ったようですよ」

鷹村の声が遠く聞こえた。

氷瑞が息を呑《の》む気配がする。

「おまえ……勝手に吉原から出たりしたらどうなるか、わからなかったわけじゃないだろう!?」

「……」

ごめんなさい、馬鹿で、と言ったつもりだったが、声にならなかった。

氷瑞は撫菜のぼろぼろになった身体をぎゅっと抱き締めてくれる。

（あったかい……）

もういつ死んでもいい、と思う。

「さあ、そろそろ放していただけますか？」

鷹村の声が降ってくる。

「冗談じゃない……！　このうえまだいたぶるつもりか!?」

氷瑞が怒鳴り返すのを、撫菜は半ば夢心地で聞いていた。身体が懈くて、意識が遠のいていく。痛みさえあまり感じなくなっていた。

「撫菜はうちの色子です。見世には見世のルールがあるのですよ」

「知ったことか……！」

氷瑞は吐き捨てた。

「撫菜はもうおまえたちのものじゃない。この俺が身請《みう》けする……！」

（身請け……？　氷瑞さんが俺を……？）

そんな単語が遠く聞こえた気がする。

けれどたしかめることもできないまま、撫菜は意識を手放していた。


それから撫菜は、嵐の中を歩き回ったせいで引いた風邪と、折檻の傷のために寝つき、

ようやく起きられるようになるや否《いな》や、身請けが決まったと教えられた。

盛大な別れの宴《うたげ》は、撫菜がまだ半ば信じられずにいるうちにやってきた。

賭は撫菜の勝ちだから身請け金はいらないと楼主は言ったらしいけれども、氷瑞が断って、身請けも宴会もすべて彼の持ち出しで行われることになったという。撫菜は申し訳ないと思ったが、氷瑞にとっては、楼主に借りをつくるほうが嫌なようだった。

着飾って、氷瑞と並んで上座《かみざ》に座りながら、撫菜はまるで夢を見ているようだった。

今まで着たこともないような豪奢《ごうしゃ》な仕掛けを氷瑞に誂《あつら》えてもらった。撫菜は顔立ちに華がないからあまり派手なものは負けると言われてきたのだが、氷瑞は絵を描く人だけあってさすがにセンスがよくて、華やかでも撫菜の顔にしっかり映えるものを見立ててくれていた。見世のみんなにもよく似合うと言ってもらえて、撫菜は嬉しかった。

宴の最後には、世話になった人たちに挨拶《あいさつ》とお礼を言った。特に結果的に氷瑞と引き合わせてくれた葵にはとても感謝していたから、ちゃんとその気持ちを伝えられてよかったと思う。

そして夢見心地のままの夜が明け、翌朝には運転手付きの立派な車に乗せられて、撫菜は吉原をあとにした。

十年近くも暮らした街を、見世を離れるのは寂しかったけれど、

(でも……)

隣に座る氷瑞と手を繋ぎ、視線を交わす。

こうしていれば、誰よりもしあわせだと思えた。

＊

（やれやれ……）

撫菜たちを送り出し、ようやく肩の荷が下りたような気持ちで鷹村が自分の部屋へ戻ると、楼主が卓袱台《ちゃぶだい》を前に座り、勝手に酒を飲んでいた。

「ご苦労様」

脳天気に声をかけてくる。

「どう、君も一杯」

「それはどうも。労《いたわ》っていただいて。……とはいえ私の酒ですが」

「まあまあ」

向かいに座り、猪口《ちょこ》を持つと、楼主は冷や酒をとくとくと注《つ》いでくれる。

「悪役は疲れただろう」

「素《す》ではできませんからね。あなたと違って」

「人聞きの悪い。若い二人の恋路《こいじ》を応援してやってたんじゃないか」

鷹村は杯《さかずき》を干《ほ》しながら、楼主に横目でちらりと視線を向ける。

——どう転んでも楽しめると思っていただけでしょうに
とは言わぬが花というものだろうか。

「でも……ああいう家柄ではこれからが大変でしょうね。撫菜は順応力があるから大丈夫かもしれませんが……。うちに来たときも、合わないと思ったけれどそれなりにやっていましたし」

「何かのときにはこの私がついているからねぇ」

と、楼主は笑う。鷹村はまたちらりと横目で見てしまう。

「ん？」

「いいえ。それはまたご親切ですこと」

「私は君も知っているとおり親切な男なんだよ。撫菜の身請け金をもらってしまった借りもできたことだしね。——さあ、もう一杯」

（どうだか）

と、鷹村はこっそりと呟きながら、再び杯を差し出した。

＊

山階《やましな》という表札の出たその家は、門から玄関まで歩いたら数分もかかりそうな敷地に建つ、旧《ふる》い大きな洋館だった。

（お城みたい……）

と、撫菜は思う。洋館に足を踏み入れること自体、撫菜には初めてだった。

氷瑞はここで生まれ育ったのかと思うと、とても感慨《かんがい》深かった。廊下やいたるところに静物画《せいぶつが》が飾られていて、それらもほとんど氷瑞が描いたものなのだという。これからは彼の絵に囲まれて暮らせるのも、撫菜は嬉しかった。

そしてお城のようなのは、外観ばかりではなかった。

連れてこられた部屋もまたそうだったのだ。

（広い……見世の禿部屋くらいありそう）

室内をきょろきょろと見回してしまう。広いが、壁紙やカーテンはとても可愛い部屋だった。寝台も家具も綺麗に整えられ、花まで飾られている。

「おまえの部屋だよ」

そう言われて、撫菜は驚いて顔をあげた。素敵な部屋をくれるのは嬉しいけど、あまりにも広すぎて、不安になるほどだった。

「えっ」

「……俺、一人の……？」

「隣は俺の部屋。そこのドアで繋がってる」

返ってきた答えにほっとした。

初めて見る天蓋《てんがい》つきの寝台がめずらしくて、つい駆け寄って座ってみる。やわらかくバネが効いていて、寝たらとても気持ちがよさそうだった。上下に軽く跳ねて遊んでいると、氷瑞が隣に腰を下ろしてきて、頭を撫でてくれた。

「氷瑞さん、前に……家においでって言ってくれたことがあったよね。俺のこと、描いてくれるって」

「ああ」

「来られてよかった……」

身を引こうと決めて讃岐屋に行かなかったときから、きっともう氷瑞の家に来ることも、描いてもらうこともできないだろうと思っていた。そうならなくて、本当によかった。

しかもただ遊びに来ただけじゃなくて、このままここで氷瑞と暮らせるのだ。

（嬉しい……夢みたい）

幼い頃から、撫菜はどんなに身請けに憧れていたか知れなかった。身請けというより、大好きな人と一緒に暮らすことに憧れていた。外に出たかったわけではなくて、そこまで思い思われてみたかった。

(一生叶《かな》わないと思ってた)

だから希《のぞ》まないようにしていたのに。

「氷瑞さんが俺の身体、気に入ってくれてよかった。俺、きっと一生懸命尽《つ》くすから」

じわりと涙が滲んでくる。それを氷瑞が唇で吸い取ってくれる。

「……別に身体だけが気に入ったわけじゃない。……それもいいのは否定できないが……、する前から、会いに行っていただろう？　恥ずかしい口実まで使って……」

「恥ずかしい口実……？」

「讃岐屋で二回目に会ったときの」

撫菜は首を傾げ、記憶をたどって考える。

「あ、もしかして奢《おご》ったお金を返せっていう……」

氷瑞は頷いた。

「口実だったんだ……」

「気づいてなかったのか」

「そうかな、とはちらっと思ったけど……」

氷瑞はがっくりと肩を落としながら、ふいに唇を緩《ゆる》めた。また撫菜の頭を撫でる。そうされると、撫菜は猫のように喉を鳴らしたくなる。今日はなんだかたくさん撫でてもらっているような気がする。

「おまえに見せたいものがあるんだ」

氷瑞は上着の内ポケットから封筒を取り出し、撫菜の手に渡した。

「野崎が、おまえの着物と一緒に送ってきたんだ」

そういえば、彼の家で着せてもらった白い浴衣をだめにしてしまったことを、撫菜は思い出す。埋め合わせをしないと、と思いながら、封筒に目を落とす。

表書きは、美しい文字で野崎正吾様と書かれていた。撫菜はその封筒と、氷瑞の顔とを交互に見つめた。

氷瑞の視線に促されるように中を開けると、短い手紙と数枚の写真が出てきた。写っているのはすべて同じ一組の男女で、片方は野崎、もう一人の女性は……？

「奥さん……？」

氷瑞は頷いた。撫菜は再び写真に視線を落とす。本当に綺麗な人だったんだ、と思った。血が繋がっているためか、少しだけ氷瑞に似ている気がした。

そして手紙には、

――あなたにお返しします。さようなら

そう書いてあった。

「遺書——と彼が呼んでいた、彼女が死ぬ数日前に送ってきたものはこれだと、添《そ》えてあった手紙には書いてあった」

「これがそうだったんだ……」

二人で撮った写真で彼女が持っていたものは、これですべてのはずだという。死の数日前に大切な写真を送り返してきたことの意味を、絶望であり遺言だと野崎は受け取った。

「そんな……っ違うよ……！」

撫菜は思わず声をあげた。

「きっと野崎さんのことを忘れて、氷瑞さんとちゃんとやっていくって意味だったんだよ。それを野崎さんにもはっきり伝えようとして写真を返したんだよ……！」

そしてたまたまその直後、事故で亡くなったのだと思う。

信じたくなかっただけで、野崎にも本当はわかっていたのではないか。でなければ、撫菜が嘘だと叫んだとき、あんなにも怒らなかったのではないか……。

「ああ、俺もそう思う。おまえがそう言ってくれるなら」

と、氷瑞は言った。

彼の言葉が嬉しくて、撫菜は泣いてしまいそうになる。彼が穏やかな顔で、少し笑っているのも嬉しかった。

「……まことがないなんて言って悪かったな」

と、氷瑞は言った。

「え……」

「おまえは俺のためにこんなことまでしてくれたのに」

「氷瑞さん……」

堪《こら》えきれずに、涙がぼろぼろと零れた。

「多分、最初からおまえに惹《ひ》かれてたんだ。あんな馬鹿馬鹿しい口実までつくって会いに行くほど。……そんな気持ちには今までなったことがなかったから、自分でもよくわからなかっただけで……」

氷瑞は唇で撫菜の涙を吸い取り、そして言った。

「おまえが好きだ」

「氷瑞さん……」

せっかく吸い取ってもらったのに、また涙が溢《あふ》れて止まらなくなった。

「お、俺も……俺も好きだよ……！」

氷瑞は撫菜の唇に口づけ、唇を何度も啄《ついば》んだ。そしてそれは次第に深いものになった。

唇が離れると、顔を見合わせて、ちょっと微笑った。

撫菜は氷瑞が笑ってくれるのがたまらなく嬉しい。

氷瑞が後ろで結んであった撫菜の帯を解き、寝台に押し倒した。

「ん……」

もう一度接吻しながら、襟《えり》をはだけられ、首筋を吸われた。撫菜はそれだけでぞくぞくして、たまらずに吐息を漏らす。

「ふ……ぁっ」

昼が次第に下へずらされていく。触れられる前から尖っていた乳首を咥《くわ》えられると、電流が流れたような刺激があった。氷瑞はそこを更に歯で挟み、舌で嬲《なぶ》る。

「あ、あ……あ……！」

「ここが好きか？」

「あぅ……んっ」

答えようとした言葉が、喘ぎになってしまう。撫菜は胸の上にある氷瑞の頭をそっと抱き締めた。

「す……好き。氷瑞さんのしてくれることなら……何でも好き」

見世に流連ていたときと違って、氷瑞は優しかった。乳首だけではなくて、腕の内側や脇や身体中にたくさん接吻してくれた。そしてそれはまだ微かに残る折檻の跡にしているのだとわかると、氷瑞の気持ちが伝わってたまらなくなる。

「あぁぁ……っ」

氷瑞はやがて撫菜の下腹に唇を落としてきた。

「やだ……ぁ」

「どうして」

「だって……俺、……」

張りつめて雫を零しているのが、さわらなくてもわかるからだ。

「ぬ……濡れちゃってる……」

口にすると、そのまま溶けそうなほど全身が熱くなった。

「そうだな、ほんとに」

氷瑞は却《かえ》っていっそう恥ずかしくなるほどあっさりと言い、先端を啜《すす》りあげる。

「ん……っあぁっ……！　あぁ……っ」

撫菜は声をあげ、思いきり背を撓らせた。氷瑞はそのままそこを咥え、しゃぶりながら指を挿入してくる。両方を苛められるとすぐにたまらなくなって、撫菜はひっきりなく喘いだ。身体が疼いて、貫いて欲しくてたまらなくなる。

撫菜の中がすっかり馴染んだのを見て、氷瑞が身体を起こす。乱れた服を脱ぎ捨て、再び撫菜に覆い被さってくる。素肌が触れあう感触に、撫菜はぞくぞくした。

そして氷瑞は撫菜を抱き竦め、深く身体を繋げてきた。

愛で痴れる夜の純情・前夜

真夜中を過ぎて、蜻蛉《かげろう》は夜具《やぐ》部屋を訪れたけれども、中には誰もいなかった。ただ月明かりだけが奥の窓から射《さ》している。

花降楼《はなふりろう》の三階の隅《すみ》にある、使わない夜具などを納めた部屋は、蜻蛉と綺蝶《きちょう》とが二人とも禿《かむろ》だった頃から隠れ家にしてきた場所だった。

少し前、綺蝶が色子《いろこ》として一本立ちし、自分の部屋をもらった今でも、夜はよくここで何をするでもなく一緒に過ごしていた。

（よく、っていうか……少なくなってきたけど）

傾城《けいせい》は一晩に何人もの客の相手をしなければならないし、泊まり客がいることもある。水揚《みずあ》げから間もないというのに既《すで》に売れっ妓《こ》になりつつある綺蝶は、来られない日も増えていた。

（来年、俺まで一本立ちすればますます……）

ため息をつきながら、積み上げられた紅《あか》い布団を背に、畳に腰を下ろす。

いつまでも子供の頃のままではいられないのだ。昔とは少しずつ何かが変わりつつあるのが蜻蛉にもわかる。そしてその速度は、歳をとるにつれて速くなっている気がする。この先ももしかしたらもっと……？

考えたくなくて、蜻蛉は首を振る。

再び吐息《といき》をつき、ずるずると横になって目を閉じた。

それからどれくらい過ぎただろう。

襖《ふすま》が一度開いて、また閉まるのを、蜻蛉は夢うつつに聞いた。続いて綺蝶の声が降ってくる。

「ここで寝るんなら、ちゃんと布団《ふとん》着ろって言ってるだろ。腐《くさ》るほどあるんだからさ」

「うーん……？」

「ほら、また風邪引いたらどーすんの」

言いながら、半《なか》ば寝惚《ねぼ》けている蜻蛉に、綺蝶は布団を着せ掛けてくれる。蜻蛉はようやく少し頭がはっきりしてきていた。

（ああ、今夜は来られたんだ……）

と思うと、自然と笑《え》みが零《こぼ》れた。

綺蝶は、蜻蛉が目を覚ましたことにはまだ気づいていないようだった。

すぐに寝るのかと思った彼は、蜻蛉の枕許《まくらもと》あたりに座って、籠《かご》に入った何かを取り出した。

（……？　毛糸……？）

カシミアか何かだろうか。手ざわりのよさそうな細い薄桃色《うすももいろ》の毛糸と、編《あ》みかけの何かだった。

綺蝶は続きに取りかかる。

(編み物なんかできたのか……)

器用だとは思っていたけど、と蜻蛉は思う。

(にしても……何を編んでるんだろう?)

マフラーだろうか、それともセーターか。人が編み物をしている途中段階のものなど見たことがないので、蜻蛉には見当がつかない。ただ、何か模様が編み込んであるのはわかった。

(何だろう?)

蜻蛉は寝たふりで目を凝《こ》らす。どうやら蝶の模様が透《す》かしてあるようだった。

(わざわざ模様まで入れて……いったい誰の)

何を編んでいるのかという以上に気になるのが、誰のものなのかということだった。

花降楼では、娼妓《しょうぎ》から禿まで誰も毛糸物は身につけない。セーターにしろマフラーにしろ、着物には合わないからだ。

つまり綺蝶が編んでいる何かは、客のものなのではないか。

手製のものを客に贈《おく》って気を惹《ひ》こうとする色子はわりといるが、まさか綺蝶がそんなことまでするなんて。

何かひどくむかついた。綺蝶が誰か他人のためにそうまでしてやるということ自体がゆるせなかった。そんなにも客に好かれ、たくさんの客をとりたいのだろうか？　それとも。

（もしかしてその客のこと好きなんじゃや……）

ふと思いついたその考えに、蜻蛉は狼狽《ろうばい》せずにはいられなかった。

まさか、と思う。だって綺蝶は昔、客を好きになることなんてきっとないと言ったのに。

（ありえないってば。……でも）

あれを誰にあげるつもりなんだろう？

何人かの客の顔が思い浮かぶ。

綺蝶は蜻蛉の物思いも知らず、編み物を続けている。


そんなある日のことだった。

人が足りないと言われ、蜻蛉が綺蝶の名代《みょうだい》に入ることになった。

名代とは登楼《とうろう》が重なったとき、傾城が来るまでかわりに客の相手をする者のことだ。普通は部屋づきの新造《しんぞう》が務《つと》めるが、一本立ちして間もない綺蝶にはまだ新造がいなかった。

「綺蝶にもそろそろ新造と禿をつけないと」

と言う鷹村《たかむら》になんとなく不快になりながら行ってみれば、綺蝶の本部屋にいたのは東院《とういん》だった。

(よりにもよって……)

蜻蛉は密《ひそ》かに眉《まゆ》を寄せた。

東院は、数ある綺蝶の客の中でも、何故だか特に嫌いな男だった。綺蝶を水揚げした男だからということもあるが、それだけではなくて。

「おや。今日の名代はお姫様か。突っ立ってないで入ったら？」

揶揄《やゆ》するように言われ、むかつきながらも手を突いて挨拶《あいさつ》をし、部屋の中へ入る。入れ替わりに綺蝶が立ち上がった。

「じゃ、またあとでな」

東院の耳を引っ張って付け加える。

「悪《わる》さすんなよ」

「さーねえ。心配なら早く戻って来いよ」

客と色子とは思えないような気さくな会話だ。こういう馴《な》れ馴れしい感じが蜻蛉の神経を逆撫《さかな》でし、東院を嫌わせるのだった。

綺蝶が他の客の許《もと》へ行ってしまうと、部屋には二人きりになる。

「さて、と……綺蝶が戻るまで、どうやって楽しませてくれる？」

と、東院は言った。

「喋《しゃべ》るのは得意じゃないんだったっけ。じゃあ歌は？　碁《ご》は？」

傾城のいないあいだ間《ま》を保《も》たせるのが名代の仕事だ。とはいえ、その不躾《ぶしつけ》な言い方が神経に障《さわ》った。

（しかも俺の苦手なことばっかり……！　わざとじゃないのか？）

不快感を押し隠そうと目を逸《そ》らした蜻蛉は、けれどその先にあったものに、思わず息を呑《の》んだ。

東院の傍に置いてある袋の口から、綺蝶が編んでいたのと同じ色の毛糸のようなものが、僅《わず》かに覗《のぞ》いていたからだ。

「ん？　あれ？」

東院は蜻蛉の視線に気づいたようだった。

「何なのか気になる？」

「……」

「だめ。教えない。綺蝶との秘密だからね」

蜻蛉は、綺蝶との秘密、という科白《せりふ》に胸を衝《つ》かれた。

（やっぱりあれはこいつに贈るものだったんだ……！）

気分が悪くなるほど不快になり、名代としての務めも忘れて黙り込む蜻蛉に、東院はくすりと笑った。

「じゃあ、花札《はなふだ》で勝ったら教えてあげようか」

「べ……別に教えていただかなくても」

綺蝶からもらったなどと、はっきり聞きたくはなかった。けれど東院は、にやにやと嫌《いや》みな笑みを浮かべる。

「おや？　自信ないの？」

「――……」

ますますむかついて、客の顔を睨《にら》んでしまいそうになるのを、蜻蛉はぐっと耐える。

「わかりました。やりましょう」

「そう来なくちゃ」

東院は部屋の隅に片づけてあった花札を取り出し、卓袱台《ちゃぶだい》の上に置いた。

そして――。

*

綺蝶が客を一人帰して本部屋へ戻ってくると、名代で入っていた蜻蛉が、待ちかねたように東院に挨拶して立ち上がった。

「ちょっ……蜻蛉!?」

綺蝶の脇をすり抜け、飛び出していく。綺蝶はそれを呆然《ぼうぜん》と見送った。

そして部屋に入り、腰を下ろしながら、東院を横目で睨む。

「なんかしたんじゃねーだろうな」

「指一本触《さわ》ってませんよ」

「誓《ちか》って?」

「誓って」

東院は軽く手を上げてみせる。

「花札で負けたから、機嫌《きげん》悪いんじゃねーの?」

「ふうん……?　ま、ああ見えてかなり負けず嫌いだけどな」

それにしても客に負けたからって、と思う。むしろ傾城にしろ新造にしろ、客に対してはそこそこ負けてやってなんぼというところがあるくらいなのに。

首を傾《かし》げる綺蝶に、東院は笑った。

「にしても、ほんとに歌も碁もだめみたいだな。あのお姫様は」

「ほんとに、ってなんで知ってんの」

「おまえが話したんだろうが。じゃなきゃなんで俺がそんなこと知ってんだよ？」

「え、俺、話した？」

「話した。何度も。自覚なく垂《た》れ流してんのかよ」

東院は軽く頭を小突《こづ》いてくる。

「はは。ごめん」

さすがにばつが悪く、笑ってごまかす。

客に他の男の話をするのは手管《てくだ》としてはありだが、自覚なく惚気《のろけ》るのは我《われ》ながらどうかと思う。東院には何か初対面から変な気安さを感じてしまっていて、他の客に対するより気も緩《ゆる》みがちなところがあった。

「まったくだよ。ま、お姫様は全然気づいてなかったみたいだけどな」

東院は憮然《ぶぜん》と言った。

そして、

「アレ、気にしてたみたいだぜ」

と、部屋の隅に置いた紙袋を顎《あご》で示した。

*

花札というのは、ほとんど運で勝負が決まるものではなかったのだろうか。

それなのに蜻蛉は、十回勝負に負け続けたのだった。まさかイカサマでは、とさえ思った。

東院ならあり得るような気もするのだ。綺蝶が実は得意なのを知っているからだろうか。

東院にはどことなく綺蝶に似たところがあるのだ。そして、だから二人は気が合っているのだろうかと思うと、それがまた蜻蛉の神経を逆撫でするのだった。

花札で負けた蜻蛉に、

――勝負はついたけど、特別に教えてやろうか
と、東院は言った。

――あれは、綺蝶が俺に――

――けっこうです！

皆《みな》まで聞かないうちに、反射的に蜻蛉はそう答えてしまった。結局自慢したいのかと思ったら腹が立って、綺蝶が戻るや否《いな》や席を蹴って飛び出した。

そしてまた夜具部屋へと逃げ込んだのだった。

「……っくしゅ」

最初は悶々《もんもん》として目が冴《さ》えていたけれども、そのうちには眠ってしまっていたようだった。自分のくしゃみで目を覚ますと、いつのまにか蜻蛉は布団を着せられていた。

傍《そば》に綺蝶がいて、また編み物をしている。

目を擦《こす》りながらそろそろと起きあがると、綺蝶が視線を向けてきた。

「起きた？」

「ん……」

答えようとした途端《とたん》、また小さくくしゃみをしてしまう。

「ほら、また布団も着ないで寝てるから」

と、綺蝶は編み物に視線を落としたまま言った。

「新造の緋襦袢《ひじゅばん》って、ただでもぴらぴらしてんだからさ。……と、できた」

ずっと編んでいたものが、ようやく完成したようだった。蜻蛉はついそれをじっとりと睨みつけてしまう。

だが綺蝶は、毛糸の始末を終えると、

「はい」

と、それを蜻蛉に差し出してきたのだった。

「え、俺？」

思いもよらないことに、蜻蛉はひどく驚いた。

「客にやると思ってた？」

「う……だ、だって」

着物の上から毛糸物を着るわけにはいかないし、同じ毛糸か何かを東院が持っていたし
……と口の中で呟《つぶや》く蜻蛉に、綺蝶は笑った。

「妬《や》いてたんだ？」

「誰がだよっ」

綺蝶の手から、ごまかすように編み物をひったくる。広げてみると、それは毛糸のぱんつだった。

「毛糸のぱんつ……」

呆然と呟く。

「うん。貞操帯《ていそうたい》のかわりに」

「はあ⁉」

「うそうそ。今年の風邪は腹にくるっていうからさ。おまえ、毎年ひいてるだろ」

「……」

正直、この歳で毛糸のぱんつはどうかと思う。尾《び》てい骨《こつ》に当たるあたりに蝶の透《す》かし模様が入っているのも、可愛いといえば可愛いけれども、けっこうださい。

……けど、嬉しい。

「あ……じゃあ東院……様が持ってたのは？」

ふと思い出して聞いてみる。

「ああ、あれは毛糸。けっこう失敗して足りなくなったから、同じのを買ってきてもらったんだよ。中にはそういう店、ないからな」

「お客様をパシリに使ったのかよ……！」

ははは、と綺蝶は笑う。

「また鷹村に怒られるぞ」

と、呆《あき》れて睨みながら、それを聞いて蜻蛉はひどくほっとしていた。

（なーんだ……）

東院のために編んでいたのではなかったのだ。

そしてまた、そんな頼みごとができるというのもまるで客というより友達みたいで、これはこれでなんだか面白くない気もするのだった。

「こういうの穿《は》かせられるのも、今年だけだしな」

と、綺蝶は言った。

「え……」

「新造のうちなら、襦袢の下に何穿いてても見られることもないけど、色子になったら無理だろ」

「……」

綺蝶の言葉に、いろいろな思いが蜻蛉の胸に渦巻《うずま》いた。次の冬には水揚げされているはずの自分のこと。既に色子になっている綺蝶のこと。

沈みそうになる雰囲気を盛り立てるように、綺蝶は言った。

「穿いてみて」

「う、うん……」

ぱんつを持って、蜻蛉は立ち上がった。

脚を通そうとして、はっと綺蝶の視線に気づく。

「なんだよ……！　向こう向いてろよ……！」

「なんで？　一緒に風呂だって入ってる仲じゃん」

「そ……そりゃそうだけど……！　って、何わざわざ寝そべってんだよっ⁉」

「お気になさらず」

畳に腹這《はらば》いになり、頬杖《ほおづえ》をついて綺蝶は笑う。

蜻蛉は、自分の着ていた布団を摑《つか》むと、綺蝶の頭の上からばさっと被《かぶ》せた。

「わっ」

その隙《すき》にぱんつを穿いてしまう。綺蝶が布団から顔を出したときには既に穿き終わっていた。

「ちぇー。ずりーの」

「ずるくないっ。だいたい見慣れてるっておまえが言ったんだろ……！」

「そりゃそうだけどさ」

と言いながらも、綺蝶は不満そうだ。

「ね、捲《めく》って見せて」

「ええ⁉」

「見えないだろ」

ううう、と蜻蛉は呻《うめ》く。何を変態じみたことを、と思う反面、他の客ではなく自分のために編んでくれたことが嬉しく、多少のことは聞いてやらなければいけないような気持ちにもなる。

蜻蛉は仕方なく緋襦袢を捲りあげた。

綺蝶は小さく口笛を吹いた。

「やっぱ似合うじゃん。お尻は？」

「お尻……!?」

「いいから、ほら！」

促《うなが》され、蜻蛉はしぶしぶ後ろを向いた。

「こっちもいい感じ。綺麗に入ってるな」

綺蝶は傍へ来て、後ろにある蝶模様を撫《な》でる。

その途端、ぞくぞくっと妙な感触が走って、蜻蛉は慌《あわ》てて襦袢を下ろした。

（なな何、今の……！）

「もういいだろ……！　寝る……！」

狼狽を隠すように宣言して、頭から布団を被る。

その上から、綺蝶が軽く頭を叩《たた》いてきた。

蜻蛉はそっと顔を出す。

「入れて」

「……」

蜻蛉は仏頂面《ぶっちょうづら》をつくりながらも、布団を捲り、片側あける。

もぐりこんできた綺蝶と一緒に布団にくるまって、まるくなった。

毛糸のぱんつは柔《やわ》らかくて気持ちがよくて、とても温《あたた》かかった。

あとがき

こんにちは。または初めまして。鈴木《すずき》あみです。

遊廓シリーズもついに七冊目。ここまで読んできてくださった皆様には本当にありがとうございます。初めての方も、一冊ずつ主人公の違うシリーズなので、問題なくお楽しみいただけるかと思います。よろしくお願いいたします。

さて今回は、あまり賢くなく、とりたてて可愛くもないけれども、からだだけはいいのでそれなりに売れっ妓《こ》の――でもそういう自分をちょっと悲しく思っている受と、楼主ゆかりの人物である攻のお話です。こういう子はこういう子で可愛いと思うのですが、いかがでしたでしょうか。楼主と鷹村《たかむら》もちらちら出てきます。よかったらご感想などお聞かせいただければ嬉しいです。

綺蝶《きちょう》と蜻蛉《かげろう》の番外編もついてます。本編には名前程度しか出てこないので、初めて読まれた方は「?」と思われるかもしれませんが、この二人はシリーズ二冊目「愛《め》で痴《し》れる夜の純情」の主人公です。他にもあちこちに出てくるので、もし興味を持たれた方がいらっしゃいましたら見てやってください。樹《いつき》要《かなめ》先生によるコミックスもあります♡　あと、来年は小説花丸に小説版も載ります。

それでもってドラマCDにもなっているのですが、先日四枚目が出ました！

「婀娜《あだ》めく華、手折《たお》られる罪」。大変素敵な仕上がりになっています。五枚目も来年二月に出るそうなので、よかったらこちらもよろしくお願いいたします。

それから遊廓ではないのですが、花丸ノベルズさんから先日「甘い烙印《らくいん》」という本を出していただいています。楽しく書いたものなので、よかったらお手にとってやってください。上下巻ですがそれなりに読みやすいかと思います。

最後になりましたが、イラストを描いてくださった樹要様。今回も大変なご迷惑をおかけして、本当に申し訳ありませんでした。にもかかわらず、私的に超萌えな撫菜《なずな》と氷瑞《ひずい》をありがとうございました。特に撫菜は凄くよく捉《とら》えていただいていて、本当にびっくりしました。凄く感動して、嬉しかったです。

担当のI様。シリーズの時系列が相当怪しくなっていた私のために、なんとIさんは花降楼年表を作ってくれました！　す、凄い！　超お役立ちです。ありがとうございました。そして今度という今度は死ぬほどのご迷惑を……申し訳ありませんでした。印刷所の皆様にも本当に申し訳ございません。

それでもまだ遊廓シリーズは続くのです。

鈴木あみ

Hanamaru Bunko

作家・イラストレーターの先生方へのファンレター・感想・ご意見などは
〒101-0063 東京都千代田区神田淡路町2-2-2
白泉社花丸編集部気付でお送り下さい。
編集部へのご意見・ご希望などもお待ちしております。
白泉社のホームページはhttp://www.hakusensha.co.jpです。

白泉社花丸文庫
白き褥の淫らな純愛

2007年12月25日　初版発行
2009年3月15日　2刷発行

著　者　鈴木あみ ©Ami Suzuki 2007
発行人　酒井俊朗
株式会社白泉社
〒101-0063 東京都千代田区神田淡路町2-2-2
電話03(3526)8070(編集)　03(3526)8010(販売)
印刷・製本　図書印刷株式会社
Printed in Japan HAKUSENSHA　ISBN987-4-592-87538-3
定価はカバーに表示してあります。

好評発売中　花丸文庫

★一途でせつない初恋ストーリー！

君も知らない邪恋の果てに

鈴木あみ　イラスト＝樹　要　●文庫判

兄の借金返済で吉原の男の廓に売られる前日、憧れの人・旺一郎との駆け落ちに失敗した蕗苳。月日が流れ、店に現れた旺一郎は蕗苳を水揚げするが、指一本触れず…。２人の恋の行方は？

★遊廓ロマンス、シリーズ第２弾！

愛《め》で痴《し》れる夜の純情

鈴木あみ　イラスト＝樹　要　●文庫判

吉原の男遊廓・花降楼で双璧と謳われる蜻蛉と綺蝶。今は犬猿の仲と言われているふたりだが、昔は夜具部屋を隠れ家に毎日逢瀬を繰り返すほど仲が良かった。ふたりの関係はいったい…!?

好評発売中　花丸文庫

★遊廓ロマンス「花降楼」シリーズ！

夜の帳《とばり》、儚《はかな》き柔《やわ》肌《はだ》

鈴木あみ　●イラスト＝樹　要　●文庫判

男の遊廓・花降楼で働く色子の忍は、おとなしい顔だちと性格のため、客がつかず、いつも肩身の狭い思いをしていた。そんなある日、名家の御曹司で花街の憧れの的・蘇武と一夜を共にしてしまい…!?

★大人気、花降楼・遊廓シリーズ第４弾！

婀《あ》娜《だ》めく華《はな》、手《た》折《お》られる罪

鈴木あみ　●イラスト＝樹　要　●文庫判

花降楼でいよいよ水揚げ（初めて客を取る）の日を迎えた椿。大金を積んでその権利を競り落としたのは広域暴力団組長の御門だった。鷹揚に椿の贅沢を許し、我が儘を楽しむかのような御門に、椿は…!?

好評発売中　花丸文庫

★大人気「花降楼」シリーズ第5弾！

華園を遠く離れて

鈴木あみ　イラスト＝樹　要　●文庫判

吉原の男の廓・花降楼。見世で妍を競った蕗苳、綺蝶、蜻蛉、忍、椿たちは、深い絆で結ばれた伴侶と共に、やがて遊里を後にした。奈落から昇りつめた5人の、蜜のように甘く濃厚な愛欲の日々とは…!?

★男の廓・花降楼シリーズ、絶好調第6巻！

媚《び》笑《しょう》の閨《ねや》に侍《はべ》る夜

鈴木あみ　イラスト＝樹　要　●文庫判

売れっ妓ながら、ろくでなしの客に貢いでは捨てられてばかりの玉芙蓉。借金がかさみ、見世の顧問弁護士・上杉に呼び出される。男の趣味を皮肉る彼を、玉芙蓉は意趣返しに誘惑しようとするが…!?

好評発売中　花丸文庫

★学園サバイバル・ラブコメディ。

ルームメイトは恋の罪人♡

鈴木あみ　イラスト＝松本テマリ　●文庫判

昨年のクリスマス以来、寮のルームメイト・友成と肉体関係を続けていた万智。友成の「彼女を作る」発言にショックを受けるが、もう友達には戻れない。やがて2人の間は最悪な状態に！

★淫らすぎるカラダに闇が迫る…!?

月夜に神父は愛さない♥

南原　兼　イラスト＝みなみ遥　●文庫判

人間社会に潜む獣人を狩るウエアビースツ・ハンターの万里也は、全寮制男子校に生徒として潜入するが、神父の白秋と結ばれる。獣人たちと共存する道を歩み始めた矢先、怪しげな新任教師が現れて…。